韓国の読者のみなさんへ

このところぼくは韓国に縁があります。孔枝泳氏との共同小説は本当に楽しく毎回原稿用紙に向かわせてもらっています。

そんな中、ここに最新作「辻仁成の手紙」を韓国の読者のみなさんに届けることができることになりました。

手紙にまつわる十の短編小説です。メール隆盛の時代ですが、やはりここぞという時は手紙が有効なように思います。

手紙を開封する時の匂い、手触り、心のゆれがとても好きです。みなさんの心にぼくの気持ちが届くことを海の向こうから願っております。

辻仁成

## 한국의 독자께

요즘 전 한국과 인연이 많습니다. 지금 공지영 작가와 함께 연재중인 소설을 매회 즐거운 마음으로 집필하고 있습니다. 여기에 다시 최신작 『츠지 히토나리의 편지』를 여러분께 전하게 되었습니다. 편지와 관련된 이야기입니다. 이메일 전성시대지만, 그래도 정말 중요하다 싶을 때면 편지가 더 효과적이라 생각합니다. 전 편지를 개봉할 때의 냄새와 촉감 그리고 마음의 흔들림을 좋아합니다. 여러분 마음에도 제 마음이 닿기를, 바다 저편에서 기원합니다. 인사동에서 취재를 할 때, 다음 작품을 기대한다는 청년과 만났습니다. 그의 손에도 이 작품이 전해지면 좋을 텐데요…….

— 2005년 5월, 파리에서, 츠지 히토나리

츠지 히토나리의

# 편지

츠지 히토나리의 편지

# DAIHITSUYA by Hitonari TSUJI

Copyright ⓒ 2004 by Hitonari TSUJI
First published in Japan in 2004 under the title "DAIHITSUYA" by Kairyusha, Inc.
Translation Copyright ⓒ 2005 by Sodam Publishing Co.
Korean translation rights arranged with Hitonari TSUJI
through Japan Foreign-Rights Centre / Imprima Korea Agency

이 책의 한국어판 저작권은 Japan Foreign-Rights Centre / Imprima Korea Agency 통해
Hitonari TSUJI 와의 독점계약으로 소담출판사에 있습니다.

저작권법에 의하여 한국 내에서 보호를 받는 저작물이므로 무단전재와 무단복제를 금합니다.

# 츠지히토나리의 편지

츠지히토나리 지음 | 김훈아 옮김

**소담출판사**

츠지 히토나리의 **편지**

펴낸날 | 2005년 5월 30일 초판 1쇄

지은이 | 츠지 히토나리
옮긴이 | 김훈아
그린이 | 한송이
펴낸이 | 이태권
펴낸곳 | 소담출판사
　　　　서울시 성북구 성북동 178-2 (우)136-020
　　　　전화 | 745-8566~7　팩스 | 747-3238
　　　　e-mail | sodam@dreamsodam.co.kr
　　　　등록번호 | 제2-42호(1979년 11월 14일)
　　　　홈페이지 | www.dreamsodam.co.kr
기획 편집 | 이장선 김윤정 가정실 방세화 심지연
미　술 | 이성희 김지혜
본부장 | 홍순형
영　업 | 박종천 장순찬 이도림
관　리 | 이영욱 안찬숙 장명자 윤은정

ISBN 89-7381-847-3  03830
● 책 가격은 뒤표지에 있습니다

실은 시간 같은 건 존재하지 않는 거야.
시간이 흐른다고 사람들은 말하지만, 흐르는 건 사람이고,
시간은 언제나 이렇게 멈춰 있는 거라고.

| Contents |

**편지 봉투를 열기 전에_** 머리말을 대신하여 7

제1장 이름도 모르는 이에게 연애편지 쓰는 법 15

제2장 벚꽃이 피어요 33

제3장 과거에 얽매이지 않고, 미래에 묶이지 않고 51

제4장 가늘게 눈을 뜨고 빛나는 수평선을 67

제5장 이참에 분명히 하기 위해 83

제6장 그래도 죽을 생각은 하지 않았다 103

제7장 러브레터를 권함 117

제8장 여든여덟의 내가 133

제9장 마음의 풍경 153

제10장 눈집 177

**추신_** 저자의 말을 대신하여 203
**역자후기** 209

**편지 봉투를 열기 전에** _ 머리말을 대신하여

  소설가가 된 지 얼마 안 되었을 무렵, 나는 소설을 쓰면서 다른 사람들의 편지를 대필하는 일을 했었다. 특별히 간판을 내건 것도 아니고, 명함을 찍은 것도 아니다. 공공연하게라기보다는 반은 입소문으로 알려진 아르바이트였다.
  소설은 전혀 팔리지 않았는데 편지를 대필하는 일은 한 달에 몇 통씩, 많을 때는 일주일에 두세 통의 의뢰가 들어와 이대로 대필을 생업으로 하는 건 어떨까 고민스러울 정도로 성황을 이뤘다.

  편지에는 신기한 힘이 있다. 휴대전화, 이메일 전성시대인 요즘에도 역시 중요한 일은 편지여야 한다는 사람이 많다.

얼굴을 맞대고는 도저히 할 수 없는 말이 있다. 이메일이나 팩시밀리로는 조금 실례가 되는 것 같을 때, 편지는 대단히 유효하고 든든한 메신저가 된다.

편지로밖에 전할 수 없는 마음이 있고, 또 편지이기 때문에 마음을 토로할 수 있는 경우도 많다.

편지지나 엽서에는 스피드만을 요구하는 요즘의 시대 감각과는 정반대인 평온함과 그리운 손길도 있다. 편지에는 이제부터 마음을 전하겠다는 무게가 전해지며, 편지 봉투를 뜯는 사람은 다소의 차이는 있어도 오로지 자신에게만 전달된 그 특별한 우편물에 얼마간의 기대와 흥분을 느낄 수 있다.

하지만, 편지를 받는 일은 누구나 기뻐하면서도 어찌 된 영문인지 쓰기는 쉽지 않다. 입을 모아 소설가처럼 술술 쓸 수만 있다면 하고 말한다. 하지만 소설가라고 해서 마음먹은 대로 술술 써지는 것이 아니다. 아무리 훌륭한 문장이라도 상대에게 진심으로 닿지 않는 편지라면 의미가 없다.

그렇다면 편지를 잘 못 쓴다고 생각하는 사람들에게 한때 편지를 대필했던 내가 뻔뻔스럽지만 편지쓰는 방법을 전수하는 것은 어떨까 하는 생각이 들었다.

딱딱한 문장교실 같은 것은 다른 책들에게 맡기기로 하고, 여기서는 당시 내가 대필한 편지를 몇 통 인용하고―물론 비밀엄수이기 때문에 의뢰인과 수취인의 이름은 가명으로 한다―, 의뢰인들의 지극히 인간적인 고민과 마음 그리고 살아가는 모습을 자세히 분석해, 누구나 쓸 수 있는 간단하고도 진지한 편지쓰기를 실용적인 면뿐 아니라 가볍게 문학작품으로도 즐길 수 있도록 모아놓았다.

사랑과 이별, 기쁨과 슬픔, 인생의 엇갈린 희비가 모두 여기에 있다.


편지를 대필하던 시절, 그러니까 지금부터 20년 전쯤의 옛날 이야기지만, 나는 JR 추오센(中央線) 기치조오지(吉祥寺)역에서 이노가시라(井の頭) 공원으로 빠져나가는 골목―길 양쪽에는 꼬치구이집, 오래된 메밀국수집, 부티크, 부동산, 헌옷가게, 헌책방, 화랑, 선물가게 등이 빼곡히 들어차 사람들로 붐비는 한쪽에 방을 빌렸었다.

막 내린 향긋한 커피향이 은은한 레오나르도란 카페 옆의 좁은 계단을 올라가면 있는 안락한 곳이었다.

창가에 책상이 있어 저녁 무렵엔 석양이 편지지를 빨갛게 물들였다. 창밖으로 얼굴을 내밀면 공원의 높은 나무들 맞은편으로 해가 기울었다.

토요일이나 일요일엔 아이들 손을 잡고 도내 각지에서 중앙선을 타고 한꺼번에 모여든 사람들로 주변은 축제라도 하듯 와자지껄했다.

소설을 쓰기에는 조금 시끄러운 환경이었지만, 마침 그 방에 살던 대학시절 친구가 업무상 미국으로 가 있는 몇 년 간 들어와 살아달라고 부탁했다.

집세는 없었지만, 고양이가 한 마리 있으니 보살펴달라는 조건이었다. 그리고 가끔 고양이 사진을 찍어 보내달라는―운운.

생각지도 못했던 제안에 그 자리에서 냉큼 허락을 했지만, 고양이 알레르기가 있는 난 처음엔 재채기가 멈추질 않아 옮겨 쓰던 편지지에 침이 튀어 몇 번이나 다시 써야 했다.

그래도 약속을 번복할 수 없어 샴 고양이 미샤를 돌보는 생활은 계속되었다. 알레르기로 고생은 했지만 애인이 없었던 당시

나에겐 윤기 있는 매끈한 털을 가진 미샤가 유일한 위안이었다.

편지 대필이 늘어난 계기는 아래층의 카페 레오나르도 주인이 좀처럼 편지를 쓰지 못해 고민하는 단골손님들에게 내 이야기를 퍼뜨렸기 때문이다.

한 달에 한 번 정도였던 의뢰가 그 후로는 여기저기서 들어오게 되었다.

소설 원고 의뢰는 없는데 편지 대필만이 늘어나 의뢰인들과 마주할 때는 솔직히 복잡한 심정이었다.

한숨 돌리며 기분 전환하는 장소였던 레오나르도는 어느새 사무실처럼 되었고, 가장 안쪽에 자리를 잡고 앉은 난 마치 고가도로 밑에 앉아 있는 점쟁이처럼 의뢰인들의 이야기에 귀를 기울였다.


그건 그렇고, 편지란 참으로 신기한 전달수단이다.

편지에는 반드시라고 해도 좋을 만큼 쓰는 사람의 마음이 고스란히 배어 나오기 때문이다. 그렇지도 않으면서 마치 걱정을 하듯 편지를 써서는 안 된다.

편지 봉투를 여는 순간 상대에게 거짓이란 것이 바로 전해지기 때문이다. 그것이 편지가 지닌 가장 무서운 힘이라 할 수 있을 것이다.

사랑하는 마음은 전해질지 모르나, 동시에 그 유치함과 사랑의 얕음, 좋지 않은 성격까지도 상대에게 전해지고 만다.

편지란 사람의 마음을 비추는 거울과도 같은 존재이다.

대필한 것을 들켜서는 안 되기 때문에―물론 너무 잘 써도 안 되지만, 대필을 부탁받은 이상은 상대방의 마음을 움직일 수 있는 편지여야 하기 때문에, 자연스러우면서도 반짝이는 그런 편지가 되도록 배려한다.

10대 젊은이에게 부탁받고 노숙한 문장을 쓸 수는 없고, 6,70대 연배인 분들에게 부탁받은 편지를 젊은 사람들 문체로 쓸 수는 없는 일이다.

보내는 이의 상황을 이해하고, 동시에 받는 이의 입장에서 생각해, 어떤 편지가 수취인의 마음을 보내는 사람, 즉 의뢰인에게로 돌릴 수 있을지 충분히 고려한 다음, 상대의 나이나 입장을 반영해 쓰게 되는 것이다.

하지만 내가 의뢰인에게 이야기를 들을 수 있는 건 고작해야

두 시간 정도. 그 시간 내에 대략적인 내용을 추찰해야 하는데, 이것은 결과적으로 글을 쓰는 내게는 좋은 공부가 되었다.

어떤 의미로 대필가에게는 점쟁이 같은 역할도 요구되는데, 그렇게 되면 문장력만 가지고 하는 일이라고는 할 수 없을 것 같다.

또한 편지는 미사여구만으로 꾸며져도 마지막엔 그것이 거짓임을 들키고 만다. 어떤 사람의 마음을 다른 사람 마음에 닿게 하는 일이니, 이처럼 어렵고 까다로운 일도 없을 것이다.

나는 가능한 쉬운 말을 구사해 대필을 하려고 노력했다. 하이케이, 킨케이, 전략(拜啓, 謹啓, 前略. 일본에서 편지 가장 앞에 쓰는 인사말로 삼가 아룁니다의 뜻_역주)처럼, 오래된 형식으로 시작되는 인사 같은 건 일부러 쓰지 않았다. 문장을 갈고 닦는 것보다 마음을 전하는 일에 힘을 쏟았다.

일본어로 편지란 한자는 손[手]과 종이[紙]로 되어 있다. 자세한 어원은 알 수 없지만, 정말 그렇지 하고 감탄하고 만다. 시대가 어떻게 변하든 편지가 사라지지 않는 건, 그러한 이유에서이다. 이것만은 기계로 대량 생산할 수 없기 때문이다.

# 1

## 이름도 모르는 이에게 연애편지 쓰는 법

…그것이 어떤 기회였던, 만나기만 하면 그건 멋진 첫 출발이 됩니다.

이 름 도　모 르 는　이 에 게　연 애 편 지　쓰 는　법


기치조오지에는 오래된 아케이드가 역을 중심으로 좌우로 교차되어 있어, 저녁시간이면 거리는 사람들로 붐빈다. 역 주변에 백화점까지 있어 일부러 도심까지 나가지 않고도 대부분의 것들은 이 거리에서 조달할 수가 있다.

역 북쪽출구로 나와 바로 앞에 있는 상점가에는 오래된 헌책방이 있어 자주 들락거렸다. 헌책들을 뒤적거린 다음에는 감미찻집에 들러 안미츠(팥소를 얹은 간식용 단 음식_역주) 세트를 먹는다. 오후에는 식료품점 등을 돌아 통조림과 야채 또는 고양이 먹이를 사서 남쪽출구 쪽으로 돌아온다. 이것이 내 일과다.

공원 입구에는 오래된 꼬치구이집이 대낮부터 영업을 하고 있

다. 바람이 잘 통하는 한적한 카운터에 앉아 점원들과 농담을 해 가며 내가 좋아하는 닭고기를 다져 만든 완자 츠쿠네나 참치에 낫토를 얹어 놓은 안주로 생맥주를 마셨다. 그러고는 호숫가를 산책하다 벤치에 앉아 헌책방에서 사 온 책을 읽다가, 마지막에는 커다란 나무들 사이로 스며드는 햇빛을 받으며 낮잠을 잤다.

쓰는 것보다 읽는 걸 좋아했던 나는 책을 읽는 장소에도 까다로웠다. 햇빛이 드는 벤치는 독서를 하기에 가장 좋은 곳이다.

펼쳐 든 책 위로 나뭇잎 사이에서 새어든 햇빛이 비치고, 빛을 따라 글씨를 쫓아가며 서서히 이야기 속으로 빠져드는 것, 그 고요한 정신의 흔들림이 너무도 좋았다.


치노 다이스케 군을 만난 건 화창한 봄날의 저녁 무렵.

한낮에 마시는 맥주는 금방 취하고 만다. 휘청거리는 걸음으로 돌아오는데 계단 입구에서 레오나르도 주인이 붙들었다.

한 시간이나 내가 돌아오기를 기다린 청년이 있다고 해서 서둘러 카페로 들어가 보니, 가장 안쪽 어둑한 자리에 말끔한 모습의 청년이 앉아 있었다. 단골손님 아들이라고 한다.

음료수와 고양이 먹이 등으로 가득 찬 장바구니를 발 밑에 내려놓고 나는 의뢰인 이야기에 귀를 기울였다.

 서핑이 취미인 치노 군은 열아홉 살로, 커다란 회사는 아니지만 북쪽출구에 있는, 마치 롱아일랜드 해변에 홀로 떨어져 있는 듯한 조금 촌스러운 햄버거 가게에서 아르바이트를 하고 있다.
 한 번 들어간 적이 있었다. 껍질째 갓 튀겨낸 감자튀김이 맛있었다. 하지만 학생들로 붐비는 가게는 차분히 앉아 책을 읽을 수 있는 그런 곳은 아니었다. 배를 채운 다음 바로 가게에서 나왔던 기억이 있다.
 거의 매일 같은 시간에 가게에 오는 여학생에게 치노 군은 사랑에 빠졌다. 하지만 여학생의 이름도 모른다.
 "그 아이는 이 근처에선 진학률이 높기로 유명한 학교에 다녀요. 하지만 전 이렇잖아요. 전혀 글 쓰는 재주도 없고, 자랑할 거라고는 서핑밖에 없어요. 그래서 저기, 선생님이 대신 써주셨으면 해서요……."
 아르바이트 중에 동료들 앞에서 선뜻 이름을 물어볼 수도 없다. 작은 가게니까 편지를 전달하는 정도는 할 수 있을 것 같다고 그가 덧붙였다.

"이름도 모르고 상대가 어떤 성격인지도 모른다. 그런 사람한테 연애편지를 쓰는 건 상당히 어려운 부탁이네."

솔직히 고백하자 치노 군이 갑자기 슬픈 얼굴로 고개를 떨어뜨렸다. 사랑에 고민하는 청년의 힘이 되어주고 싶단 마음이 들었다.

"알았네. 그럼 해보지."

'성공 후 보수'로 나는 치노 군의 의뢰를 받아들이기로 했다. 그러니까 사랑이 이루어지면 그때 보수를 받는다는 약속이다.


🐾 이름도 모르는 이에게


당신에 대해 아무것도 모르면서 저는 지금 당신에게 편지를 쓰고 있습니다. 그것이 얼마나 무모한 일인지는 알고 있습니다. 아르바이트 중에는 주위에 동료도 있고 해서 말을 걸 수가 없습니다. 달리 좋은 방법이 생각나질 않아 실례인 줄 알면서 이런 방법을 택하게 되었습니다.

알지도 못하는 사람이 갑자기 편지를 줘주는 것 자체가, 우선 불쾌했으리라 생각합니다. 게다가 내가 편지를 전하는 방법에 상당한 무리가 있었을 테니까요. 어떤 타이밍에 이 편지를 당신에게 전할 수 있을지, 편지를 쓰고 있는 지금으로서는 상상이 안 됩니다. 하지만 동료들에게 들키지 않게, 눈을 피해 직접 전달하게 될 테니 분명 실례가 되었겠지요. 미안합니다.

그리고 당신이라고 부르는 것도 싫겠지요. 알고는 있지만, 너라고 하는 건 너무 무례한 것 같아 당신 이름을 알게 될 때까지만이라도 이렇게 부르게 해주세요.

하지만 이렇게 편지를 쓰기 시작하니, 마음이 너무 앞서 생각처럼 편지가 써지질 않습니다. 무사히 마지막까지 썼지만 다시 읽어보니 도저히 전할 만한 편지가 아닌 것 같아 처음부터 다시 쓰기를 여러 번.

그도 그럴 것이 당신에 대해 아는 것이 아무것도 없어 어떻게 써야 할지 모르겠습니다. 이름도 모르고 기치조오지 여학교에 다닌다는 것 말고는, 몇 학년인지, 취미는 뭔지, 평소에는 뭘 하며 지내는지 전혀 알 수가 없습니다. 그럼에도 내가 이렇게 온 힘을 다해 펜을 움직이는 이유는 당신과 친구가 되고 싶기 때문입니다.

서핑을 하는 친구들과 함께 겨울바다에 갔을 때, 역시 이름도 모르는 누군가가 멋지게 파도를 타고 있었습니다. 나도 그렇게 되고 싶었습니다. 나는 주말이면 바다로 가 서핑을 합니다. 저렇게 되고 싶다고 마음먹은 순간, 그때부터 기회를 손에 쥘 수 있었습니다. 마찬가지로 나는 지금 당신과 친구가 될 수 있는 첫 번째 기회를 손에 넣었습니다. 그래요, 이것만은 틀림없어요. 그러니까 그 기회를 잃지 않도록 실례인 줄 알면서도 편지를 쓰고 있는 겁니다.

그것이 어떤 기회였던, 만나기만 하면 그건 멋진 첫 출발이 됩니다. 부끄러운 건 순간이니까 망설일 필요는 없겠죠. 어쩌면 이후의 인생을 뒤흔들지 모를 커다란 뭔가가 기다리고 있는지도 모르고.

성급한 이야기지만 첫 번째 계기를 마련한 내가 다음 목표로 하는 것은 당신 이름을 아는 겁니다. 당신 이름을 알게 되면 분명히 이런 불안한 마음도 조금은 누그러지겠지요. 그리고 그건 커다란 진전을 의미합니다.

만약 이 편지가 당신 마음에 다다라 내가 당신 이름을 알게 되고 서로에 대해 조금씩 알아가게 되거나, 혹은 파도타기 하는 내

모습을 당신이 바닷가 모닥불 옆에서 지켜봐준다면, 그런 기적 같은 일이 생긴다면, 그건 제가 살아온 19년 중 가장 행복한 순간이 될 것입니다.

 세상에는 우리가 모르는 사람이나 만난 적 없는 사람이, 아는 사람이나 만난 적 있는 사람보다 압도적으로 많습니다. 적어도 나는 이렇게 넓은 세상에서 당신을 찾아냈습니다. 진정한 만남을 가질 수 있을지의 여부는 당신에게 달렸습니다. 당신이 내일도 웃는 얼굴로 우리 가게에 들러준다면, 나는 이 기회의 다음 단계를 손에 넣게 됩니다. 작은 기회를 주세요. 최소한의 뭔가를.

 당신이 이 편지를 읽고 있을 무렵 나는 분명 가슴을 두근거리며 안절부절못하고 있을 겁니다. 그리고 내일은 보나 마나 눈이 빨갛게 돼서 일을 하겠지요.

 내 마음이 당신에게 닿았나요?

 마지막으로 내 이름을 적어둡니다. 이것이 내 이름입니다.

🌺 치노 다이스케, 19세.

청년이 무사히 편지를 전할 수 있었는지 나는 모른다. 그 후로 청년한테는 아무런 연락이 없다. 청년은 뭔가 진전이 있으면 반드시 연락하겠다고 말했었다. 연락이 없다는 건 내가 대필한 편지가 성공하지 못한 게 된다. 낙담하고 있을 치노 군의 모습을 생각하니 미안한 마음이 들었다.

 며칠 후, 레오나르도 주인이 내 방에 얼굴을 내밀고, 또 손님이 기다리고 있다고 했다.
 "이봐, 대필가. 아주 성황일세." 카페로 내려가 보니, 여느 때와 같이 안쪽 깊숙한 자리에 귀여운 여학생이 앉아 있었다. 그리고 여학생이 내게 내민 건 놀랍게도 내가 대필한 편지였다. 실수를 해서는 안 되므로 마음을 졸이며 여학생의 말을 기다렸다.
 "실은 자주 가는 가게의 점원한테 이 편지를 받았어요."
 학생이 말을 꺼냈다. 여학생의 방문이 단순한 우연이란 걸 알았다. 이 의뢰인은 레오나르도 단골손님 친구의 딸이라고 한다. 맙소사, 기치조오지는 참으로 좁은 동네다.
 의뢰인의 이름은 오토베 후지코라고 했다. 치노 군보다 먼저 그녀 이름을 알게 되어 미안한 마음이 들었다.

"한번 답장을 써봤는데 생각대로 써지질 않았어요. 고민을 하고 있었더니 여기 단골이라는 엄마 아시는 분이 선생님을 소개해 주셔서요."

대필한 것이 들킨 게 아니란 걸 알고 안심했다. 그렇지만 입소문으로 난 광고 효과에는 놀랄 뿐이었다. 부업처럼 여기고 조용히 할 생각이었는데, 소문을 듣고 찾아오는 새로운 손님이 늘어났다. 그만큼 고민하는 사람이 많다는 뜻이기도 하다.

그렇지만 안도한 것도 한순간, 상황이 전혀 예기치 못한 곳으로 전개된다.

이 여학생이 치노 군이 일하는 햄버거 가게에 열심히 발길을 옮기는 건 치노 군의 동료인 아오키 군에게 관심이 있어서였는데, 그만 동료인 치노 군에게 편지를 받고 만 것이다.

진지한 편지에 마음의 동요도 있었다. 하지만 고등학교에 들어간 후, 쭉 아오키 군이 좋아 이 방법 저 방법을 동원해 이름까지 알아냈는데, 이제 와서 간단히 마음을 바꿀 수는 없다는 것이다.

오토베는 진지하게 고민한 결과, 그 후 햄버거 가게엔 발걸음을 하지 않고 있다.

"그랬었군요. 알겠습니다."

나는 그 말밖에 달리 할 말이 없었다. 그럼 어떤 편지를 쓸까요? 하고 내가 물었다. 오토베는 고개를 숙이고 잠시 고민을 하더니 스스로를 타이르기라도 하듯 네, 하며 고개를 끄덕였다.

"치노 군에게 상처를 주지 않고 그 사람의 제안을 거절하는 편지로 부탁드려요."

맙소사. 쉽지 않은 일이 될 것 같다. 치노 군에게 상처를 주지 않고 그녀 마음을 전달할 수가 있을까.

"제가 조금 써봤는데 어떻게 써도 치노 군에게 상처를 주는 거예요. 선생님 부탁드려요."

오토베 후지코가 덧붙였다.

결자해지란 이럴 때 쓰는 말일까. 어쩌면 내가 대필하는 것이 가장 적합하겠지. 대필을 한 내게도 일말의 책임은 있을 테니까.

"성공 보수로." 내가 말했다.

"성공 보수요?"

"음, 그러니까 우선 결과를 보고 돈을 내고 싶은 마음이 생기면 그때 내세요. 그걸로 충분하니까."

나는 그렇게 말할 수밖에 없었다.

대필가에겐 문장을 생각해내는 것 말고도 중요한 일이 있다.

의뢰인을 대신해 정서를 하는 것이다. 편지를 받는 건 기쁘지만 보내기가 힘들다고 하는 사람 중 적지 않은 수가 글씨를 못 써서란 이유를 든다. 이메일이 유행한 건 직접 글씨를 쓸 필요가 없다는 이유도 있을 것이다.

의뢰인을 대신해 글씨체를 바꾸고, 사용하는 펜의 종류도 바꾼다. 연배인 사람에게는 붓펜을 사용할 때도 있고, 젊은 여성인 경우는 가로쓰기용 편지지에 파란색 만년필로 쓴다. 치노 군과 같은 편지지를 쓸 수는 없다. 오토베 후지코 본인이 문구점에서 사온 예쁜 편지지와 봉투를 사용하기로 했다.

🖋 치노 다이스케 님

편지를 받고 바로 답장을 써보았지만, 말씀하신 대로 정말 자기 마음을 다른 사람에게 글로 전달하는 건 어려웠어요.

치노 씨가 얼마나 많은 고민을 하고 그 편지를 쓰셨을지 지금은 알 수 있을 것 같고, 그런 마음으로 다시 읽어내려가면 보내주신 편지에 감동하기도 합니다. ―저도 치노 씨를 너가 아닌 당신이라고 부를게요. 언젠가 당신이 너로 바뀔 날을 꿈꾸고 싶으니까요.—

저도 당신에 대해서는 아는 것이 없습니다. 아무것도 모르는 당신에게 자신을 얼마나 정확히 전달할 수 있을지 모르겠지만, 그래도 당신의 성실한 편지에 그냥 지나쳐버릴 수가 없어, 저 또한 편지를 쓰는 것이 어렵지만, 큰맘 먹고 이렇게 편지지와 마주하고 있습니다.

우선 제 소개를 하지요. 내 이름은 오토베 후지코. 기치조오지 여학교 3학년입니다.

이것으로 치노 씨를 불안하게 했던 마음이 조금은 가라앉았나요? 부모님은 저를 후쨩이라고 부릅니다. 남자친구는 쨩도 빼고 그냥 후라고 부르고요. 양쪽 모두 싫지는 않아요.

치노 씨가 일하는 곳에는 고등학교에 들어가서부터 다니기 시작했습니다. 가게에서 직접 만든 햄버거와 편안한 분위기, 그리고 언니 오빠들의 일하는 모습이 너무 보기 좋은, 우리들에게는 없어서는 안 될 안식처입니다.

그러고 보니 치노 씨가 일하기 시작했을 때, 친구들 사이에서 몇 번이나 화제가 됐었어요. 교코는 치노 씨 팬으로 치노 씨에 대해 이런저런 상상을 하고는 기회만 있으면 이야기하곤 해요. 서핑을 하시나 보다고 가르쳐주었더니, 눈을 반짝이며 제가 그걸 어떻게 아는지 꼬치꼬치 물었어요. 미안합니다, 함부로 가르쳐줘서. 하지만 편지에 대해선 아무에게도 말하지 않았어요. 소중한 추억으로 제 마음속에 간직하고 싶어서요.

저는 아직 인생의 목표 같은 것이 없어요. 졸업 후에는 대학에 가서 번역가가 되고 싶다는 작은 꿈은 있지만, 번역가가 되기 위해서는 어떻게 해야 하는지도 모르고, 과연 그 일로 생활할 수 있는지 판단이 서질 않아 고민중이에요.

치노 씨가 파도 타는 모습을 보러 바다에 가고 싶지만, 지금 제 형편으로는 꿈이에요. 내년에 있을 대학입시 때문에 지금은 공부중이거든요.

하지만 너무 부러워요. 서핑.

편지에는 치노 씨가 거친 바다에서 혼자 과감하게 파도와 싸우는 모습이 배어 있었어요. 커다란 파도를 타는 거니까 정말 기분 좋은 스포츠겠죠? 언젠가 나도 해보고 싶어요. 원하는 대학에 무사히 합격하면 가르쳐주실래요? 그리고 치노 씨의 서핑 친구가 될 수 있을까요? 교코도 함께 한겨울 바닷가에서 모닥불에 둘러 앉아 이야기를 하면 그보다 더 멋진 청춘은 없을 것 같아요.

 넓은 세상에서 저를 찾아주셔서 정말 감사합니다. 그럼 다음에 만날 때는 웃는 얼굴로, 서로 바다를 연상케 하는 기분 좋은 얼굴로 만날 수 있었으면 해요.

🌸 오토베 후지코, 18세.


―그것이 어떤 기회였던, 만나기만 하면 그건 멋진 첫 출발이 됩니다.

 나는 치노 다이스케 편지에 그렇게 적었다. 이건 삼단논법의 상투구. 기회만 있으면 사람은 반드시 만날 수 있다. 만나면 기회는 이미 사랑의 시작이 된다.

 어떤 반응이라도 뭔가 응답이 있을 경우, 편지를 보내는 이에게 희망이 전해지는 전술을 쓴 것이다.

 설마 오토베 후지코 본인한테 거절하는 편지를 부탁받으리라고는 생각지도 못했었다. 게다가 치노 군에게 상처가 되지 않으면서 포기시키지 않으면 안 된다. 정말이지 대필가를 울리는 의리다.

 오토베에게 애인이 있는 작전을 썼다. 오토베 후지코는 가능한 한 거짓말은 하고 싶지 않다고 부드럽게 항의했다.

 나는 거짓말도 때로는 방편이 된다는 말로 그녀를 설득했다. 아오키 군과 사귀지는 않았지만 오토베 후지코가 오랫동안 좋아해온 것은 사실이다. 어떤 의미로 그 관계는 마음의 연인이라 부를 수도 있는 것이다.

 ─남자친구는 짱도 빼고 그냥 후라고 부르고요.

 이 짧은 한마디를 넣음으로 치노 군에게 오토베의 배경을 상상하게 하고, 그다지 괴로워하지 않고 포기시킬 수 있다고 생각한 것이다. 또 수험생이란 것을 강조해둔다. 그것은 다시 한 번 확인시켜두는 효과가 있다.

 오히려 길게 변명을 늘어놓으며 거절할 경우는 응어리가 남게 되고, 그건 오토베가 원하는 뒤끝이 좋은 글이 될 수 없다.

 두 사람의 젊음을 믿고 나는 대담히 써내려갔다.

 그리고 편지 마지막에 원하는 대학에 무사히 합격하면 서평을 가르쳐줄 수 있는지 하고 덧붙였다. 친구가 되고 싶다는 말로 상대가 입은 상처를 티나지 않게 어루만지는 것이다.

대필가 일은 편지를 받는 사람과 면식이 없는 경우가 대부분으로, 의뢰인에게 들은 정보만으로 써야 한다. 치노 다이스케와 면식이 있었기 때문에 편지는 그다지 고민하지 않고 쓸 수 있었다.

3개월 정도가 지나 나는 치노 다이스케와 오토베 후지코를 만나게 되었다. 세 사람이 함께 만난 것이 아니라, 각각 다른 날에 레오나르도의 언제나 같은 자리에서.

우선 치노 다이스케가 찾아와 말했다.

"선생님 덕분에 오토베와는 좋은 관계를 맺고 있습니다."

교제를 하고 있다고 정확하게 말하지는 않았지만, 함께 바다에 다닌다며 청년은 만면에 미소를 지어보였다. 수험생이면서 하고 한마디 건네볼까 싶었다.

"아직 애인은 아니지만, 될지도 모르겠어요. 이건 사례입니다."

치노 군은 내게 만 엔짜리 지폐를 건넸다.

그리고 일주일 후, 오토베 후지코는 같은 자리에 앉아,

"왜 이렇게 되었는지 설명하기 어렵지만, 그 후 몇 번 이야기가 번복된 다음에 결국 사귀기로 했어요. 선생님한테만 하는 이야기인데 처음에 치노 군에게 받은 편지에 넘어갔다는 느낌이 들어

요. 그 사람의 순수한 마음을 알 수가 있었어요. 바다에 데리고 가줬을 때도, 편지에서 느꼈던 따뜻한 마음을 직접 볼 수 있었어요. 바다에서 나오면 달려와서 춥지 않냐고 꼭 물어봐요. 이런 사람이라면 언제까지라도 잘해줄 것 같아요. 치노 군도 가끔 제 편지, 아니 선생님이 대신 써주신 편지 이야기를 해요. 나를 '후'라고 부르는 남자친구 이야기는 거짓말이었다고 고백하고 말았어요. 물론 선생님이 대필해주셨다는 이야기는 죽는 한이 있어도 말 못해요. 이건 사례입니다."

오토베 후지코는 내게 오천 엔짜리 지폐를 내밀었다.

# 벚꽃이 피어요 2

…보트는 재미있죠, 노를 젓는 사람의 뒤쪽으로 나아가니. 마치 인생처럼.

벚 꽃 이    피 어 요

 

이노가시라 공원 호수에는 벤텐사마(弁天樣)를 모셔둔 작은 섬이 하나 있다. 이 벤텐사마는 무척이나 질투심이 많은 신이라, 호수에서 연인들이 보트를 타면 시기를 해 헤어지게 한다는 이야기가 전해지고 있다.

소문이지만 제법 신빙성이 있어, 실제로 나도 대학시절에 사귀던 여자친구와 여기에서 보트를 탄 뒤 헤어진 경험이 있다. 역으로 말하면 어떻게든 헤어져야겠다 싶으면 이 호수에서 보트타기를 권한다.

애인이 없던 나는 그날 미샤를 데리고 보트를 탔다. 맑게 갠 평일, 선착장엔 사람이 없어 기다리지 않고 탈 수 있었다. 미샤는 보트 앞쪽에서 몸을 말고 해바라기를 하기로 했나 보다. 나는 호수 가운데로 보트를 저었다.

"미샤, 이걸로 너랑도 이젠 끝이다."

중얼거리며 혼자 웃는데, 미샤는 하품을 하더니 다른 쪽을 바라본다. 나는 재채기를 한다. 공원에 날리는 꽃가루 때문이다.

노를 보트 안으로 들여놓고 벌렁 누웠다. 미샤는 내 가랑이 근처로 와 자리를 잡았다. 머리 뒤로 깍지를 끼고 팔베개를 했다. 햇빛이 눈꺼풀 위에서 안구를 강하게 찌른다.

낮잠에서 깨어 집으로 돌아오니 문에 메모가 붙어 있었다.

〈돌아오는 대로 내려올 것. 대필 의뢰인이 기다리고 있음. 레오나르도〉

깜박 약속을 잊고 있었다. 미샤를 방에 넣어두고 서둘러 계단을 내려갔다. 카운터 안에서 주인이 커피를 끓이고 있었다. 눈을 마주치자 미간에 주름을 만들어 보였다.

의뢰인 여성이 안쪽 자리에서 기다리고 있었다. 나는 헛기침을 하고 위엄을 가장해 그 앞에 앉았다.

"미안합니다. 급한 원고가 있어서요."

지각을 했으니 거짓말이라도 한마디하지 않을 수 없다. 여자는 웃는 얼굴로 처음 뵙겠습니다 하고 인사하며 자기 소개를 시작했다.

대필 의뢰인 키타조 유코는 올해로 서른 살. 3년 전에 헤어진 애인과의 관계를 되돌릴 수 있는 편지를 대필해달라고 부탁했다.

"저기 호수에서 애인하고 보트를 타신 적이 있죠?"

갑작스런 심문에 키타조 유코는 도대체 무슨 말인가 하는 얼굴을 했지만, 네 하고 끄덕였다. 그게 원인이네요. 내가 단정을 지으며 웃어 보였다. 농담으로 한 말이었는데 그녀는 화난 얼굴로 그 사람이 징크스에 도전하자고 해서 어쩔 수가 없었다고, 가는 소리로 말했다.

"소문을 알면서도 타신 거네요. 큰일이네. 그렇게 질투를 부추기는 게 가장 안 좋은데. 벤텐사마 질투심을 크게 사셨군요."

여자는 금방이라고 울 것 같은 얼굴로 나를 바라보았다.

"아무리 애를 써도 잊을 수가 없어요. 헤어지자고 한 건 저였어요. 그 사람, 너무 우유부단하고 뜻뜨미지근한데다 뭐라고 해야 할지, 무슨 일이든 확실치가 않은 사람이었어요. 그게 불안했구요. 이 사람과 계속 갈 수 있을까 하고. 그럴 때 마침 이 사람이다 싶은 남자가 나타나서……."

"한눈을 파신 거네요?"

"한눈을 판 정도는 아니지만, 조금 마음이 흔들려서, 그러다 그 사람과 관계를 갖게 됐고, 그걸 애인한테 들켜 그 다음은 왠지 그냥. 하지만 그런 상태로는 어느 쪽과도 잘될 수가 없었어요. 그렇게 우물쭈물하는 남자와는 계속 사귈 수가 없었어요. 그래서 차라리 잘됐다고 헤어지자 했죠. 하지만 3년이 지났는데도 지금도 생각나는 건 타쿠짱뿐이에요. 그 사람의 강아지처럼 붙임성 있게 웃는 얼굴이나 칠칠치 못하게 잠든 얼굴, 비 오는 날 자기 재킷을 벗어 내게 덮어준 것. 화만 내는 나와 밤새 있어줬던 일. 늦게 들어오는 날은 항상 역에서 기다려줬어요. 가로등 밑에서 주머니에 손을 넣고 제가 올 때까지 기다리는 거예요. 내가 오면 얼굴에 환한 미소를 띠고 크게 손을 흔들었어요. 난 창피하니까 하지 말라고 큰 소리를 쳤죠. 속으로는 기뻤으면서 항상 화를 냈어요."

키타조 유코는 주머니에서 쪽지를 꺼내 살짝 내 앞에 내밀었다. 헤어진 애인 이름과 주소가 갈겨 써 있다. 어떤 마음으로 옮겨 적었을까. 글씨가 많이 흔들려 있어 격한 성격을 엿보게 했다. 이 글씨를 흉내내야 하나 싶은 생각이 들었다.

"고향으로 내려가 가업을 이어받았다고 들었어요. 동향이거든요. 그 사람 결혼할지 모른다는 소문도 들었구요. 너무 제멋대로라고 들릴지 모르지만, 갑자기 나한테는 타쿠밖에 없다는 걸 알았어요. 나처럼 제멋대로고 말도 안 되는 여자를 언제까지나 따뜻한 눈빛으로 지켜봐줄 사람은 그 사람밖에 없다고……. 선생님 부탁드려요."

마지막에는 결국 눈물을 흘리고 말았다. 나는 헛기침을 했다. 카운터 안에서 이쪽을 보고 있던 주인과 눈이 맞았다. 어깨를 들썩여 보였다.

"좋아요. 한번 해봅시다."

입가에 한번 힘을 준 다음 나는 말했다. 여자가 내 얼굴을 들여다보더니 정말이요 하고 물었다. 그러고는 고맙습니다 하고 작은 소리로 인사했다.

✿벚꽃이 피어요. 야마자키 타쿠야에게

타쿠짱, 잘 있어요?
타쿠짱 가끔은 옛날 생각 할 때도 있나요?

타쿠짱과 내가 서로 다른 길을 걷기 시작한 지 벌써 3년이 지났어요. 그 시간은 말로는 표현할 수 없을 정도로 무미건조한 날들이었어요. 우선 먼저 타쿠짱에게 사과를 해야겠지. 미안해. 부디 제멋대로인 나를 용서해줘요.

지금 와서 새삼스레 이런 편지를 쓸 입장이 아니란 것도 잘 알아요. 그렇게 다정했던 당신을 아무렇지도 않게 배신한 나니까.

숲이 아름다운 고향에서 졸업과 동시에 상경해, 이노가시라 공원 역 앞의 작은 아파트에서 함께 살기 시작한 건 벌써 12년 전의 일.

기억하나요?

활짝 핀 벚꽃 아래서 징크스에 도전한다고 소란을 떨며 둘이서 보트 탔던 날을.

바람이 불면 꽃잎이 우리 고향의 함박눈처럼 날렸었죠. 타쿠짱은 벌떡 일어나 갑자기 교가를 불렀어. 위험하니까 앉으란 말도 듣지 않고 하늘을 향해 큰 소리로.

호수 주변에서 벚꽃놀이를 하던 사람들이 놀려댔지. 당신을 올려다보는 내 눈엔 당신과 꽃잎 그리고 구름 한 점 없는 파란 하늘만이 보였어. 잊을 수 없는 광경이에요.

슬펐던 일보다 어째서 즐겁고 아름답고 행복했던 기억만 나는지. 눈을 감으면 내게 너무도 다정했던 타쿠 모습이 되살아납니다. 그리고 매일 타쿠짱을 생각해요.

잠에서 문득 깨어난 한밤중에, 가끔 당신을 찾기도 합니다. 그리고 악몽을 꾸고는 깨어나 당신이 옆에 없다는 것을 알고 다시 울고 맙니다. 저녁엔 두 사람 분 식사를 만들 때도 있어요. 타쿠짱이 쓰던 밥그릇에 밥을 퍼놓기도 합니다.

당신에게 꼭 전하고 싶은 말이 있어요.

꼭 들려주고 싶은 말이 있어요.

타쿠짱, 한 번만 더 나와 함께 보트를 타주지 않을래요?

예전처럼 교가를 불러줄 순 없나요?

이제 머지않아 벚꽃이 핍니다. 공원에 있는 왕벚나무엔 봉우리가 맺혔습니다. 작고 하얀 꽃들이 일제히 필 무렵, 당신과 함께 보트를 타고 싶어요.

한 번 더 징크스에 도전하고 싶어요.

아직도 타쿠짱 가슴 한쪽에 내가 조금이라도 남아 있다면 연락 줘요. 난 아직도 예전에 함께 지내던 집에서 살아요. 방은 타쿠짱이 집을 나갔을 때 그대로, 아니 내가 쫓아냈을 때 그대로입니다.

정사각형인 그 방은 모든 것이 그대로, 그동안의 시간과는 무관하게 조용히 당신이 돌아오기를 기다리고 있어요.

지금을 놓치면 아무리 손을 뻗쳐도 닿지 않는 곳으로 가버리고 말겠죠. 이미 늦었는지 모르지만, 그래도 다시 한 번 당신한테 어리광을 피워봅니다.

티쿠짱, 미안해. 마지막으로, 이기적인 내 부탁을 들어줘요. 징크스를 함께 깨줘요.

키타조 유코

대필이 끝났지만, 내 마음은 개운치가 않았다. 키타조 유코에게로 야마자키 타쿠야는 돌아오지 않을 것 같은 예감이 들었다.

편지를 대필하기 전에는 희망이 있다고 생각했다. 혹은 한 통의 편지가 기적을 일으킬 수도 있다고 생각했다. 하지만 키타조 유코의 글씨를 흉내내 편지를 써내려가면서, 그 가능성이 얼마나 희박한 것인지 알았다. 그건 대필가의 직감 같은 것이다.

편지 첫머리에 형식적인 인사말이 아닌, '벚꽃이 피어요'란 짧은 글로 인사를 대신했다. 맨 처음에 의뢰인의 바람을 한마디 시로 전한다는 작전이다. '피어요'란 말 안에는 예전 두 사람의 관계를 떠올리게 하는 허물없음과 부드러움이 배어 나게 했다.

키타조 유코는 편지를 마음에 들어했다. 몇 번이고 감사하다는 말을 했지만 내 마음은 편치가 않았다. 그래서 늘 하듯이 사례는 성공 보수로 하겠다고 했다.

"만약 당신이 야마자키 타쿠야 씨와 함께 보트를 타게 되면, 그때 사례를 청구하죠."

한 달 후 한 통의 편지가 키타조 유코 앞으로 도착했다. 유코는 그 편지를 들고 나를 찾아왔다. 이노가시라 공원에 있는 왕벚나무 꽃망울이 피기 시작하고 있었다. 꽃이 만발할 때까지 기다리지 못한 사람들이 여기저기 모여 벚꽃놀이를 하고 있었다. 술에 취한 사람들의 떠들썩한 소리가 공원 쪽에서 바람을 타고 들려왔다.

키타조 유코는 아무 말 없이 내게 편지를 내밀었다. 나는 봉투 안에서 새하얀 편지지를 꺼내, 남의 마음을 엿보듯 읽어내려

갔다.


❦유코짱

 편지 정말 기뻤다. 마음이 담긴 당신의 편지에 눈물을 글썽이며 읽었어. 고마워. 나를 잊지 않고 있었구나. 뭐라고 고맙다는 말을 해야 할지 모르겠다. 마치 그 시절이 되살아나는 것 같았다. 그것만으로도 그때의 나를 보상받은 느낌이 든다. 나는 그때 매일같이 네게 사랑받고 싶어 무던히도 노력했으니까. 그래서 유코가 즐거워하지 않으면 모든 것이 내 탓이라고 생각했었다. 유코가 행복하지 않은 건 내가 부족해서라고 책망했었지. 때문에 네게 온 편지로 인해 과거의 나는 이제야 행복할 수 있었다.
 나는 다음 주에 결혼해. 작년 말, 만난 지 얼마 되지 않은 사람과. 지금은 조용히 한발 한발 새로운 인생을 향해 걸어가고 있다.
 이노가시라 공원의 벚꽃 또 보고 싶다. 하지만 눈을 감으면 마치 어제 일처럼 선명하게 기억해낼 수 있어. 그래, 유코와 함께 보트를 탔던 것도 물론 기억하고 있지. 360도, 어디를 봐도 활짝 핀 벚꽃이었지. 그 벚꽃은 평생 내 마음속에 피어 있을 거야. 평생 소중한 추억으로 간직하며 살게.

나야말로 정말 고마워.

✄ 야마자키 타쿠야


나는 그녀와 공원을 산책했다. 유코는 피기 시작하는 벚꽃을 올려다보며 훌쩍훌쩍 울었다. 사람들이 벚꽃 아래에서 연회를 벌이고 있다. 한잔 하실래요 하며 회사원 같은 사람이 종이컵을 내밀었다.

알지도 못하는 사람들과 술잔을 나눈 다음, 나와 유코는 당시로는 보기 드문 최신기계가 있는 노래방으로 갔다. 책임감을 느낀 건 아니지만 이대로 돌려보낼 수도 없는 일이었다. 나는 그녀를 위로하기 위해, 자신있는 노래를 선보였다. 유코 얼굴에 미소가 돌아왔다.

"정말이지 제멋대로였어요. 그 사람이 분명히 나에게 돌아올 거라고 생각했으니까, 정말이지 구제불능에다 어떻게 해볼 수도 없는 바보죠. 선생님한테는 폐만 끼치게 됐네요."

역 앞에서 들른 바에 앉아 유코가 말했다. 이른 시간인 탓에 다른 손님이 없었다. 미샤한테 먹이를 줘야 할 시간이지만 할 수 없지. 녀석 요즘 살이 찐 것 같으니까 좀 참게 하지 뭐.

"저기 선생님, 부탁이 있어요."

유코가 정색을 하며 말했다.

"한 번만 더 타쿠짱한테 편지를 써주세요."

"한 번 더?"

네 하고 키타조 유코는 고개를 끄덕이더니 잔에 남아 있는 위스키에 입을 댔다. 코를 훌쩍이고 작게 미소를 짓더니 말했다.

"결혼을 축하하는 편지를 보내고 싶어요. 저요, 이제야 타쿠짱을 얼마나 좋아했는지 알겠어요. 너무 좋아해서 어떻게 할 수가 없다는 걸 이제야 알겠어요. 하지만 그 사람을 행복하게 할 수 있는 건 내가 아니란 것도 동시에 알았어요. 너무나 슬프지만 이건 내가 지금까지 이렇게 살아온 결과니까 받아들여야겠죠. 마지막의 마지막까지 나만 생각했어요. 그래서 늦게나마 마음으로 그 사람의 결혼을 축복해주고 싶어요. 질투나 부러움 같은 건 이제 없어요. 그날의 파란 하늘처럼 구름 한 점 없는 걸요. 그냥 그 사람이 찾은 행복을 축복해주고 싶어요. 그러니까 선생님, 대필을 부탁해요. 지금의 제 마음을."

키타조 유코는 미소를 지으며 울고 있었다. 얼굴 가득 미소를 지었으며 작은 두 눈은 빨갛게 물들어 있었다. 유코가 갑자기 뭔가를 읊기 시작했다. 그녀는 울면서 추억속의 교가를 부르고 있는 것이었다. 끝까지 부를 때까지 기다렸다가 나는 동의했다.

"알았어요. 해보죠."

"고마워요 선생님. 정말 고마워요."

집에 돌아오니 미샤가 배를 곯고 기다리고 있었다. 먹이를 주고 바로 축복의 편지를 쓰기 시작했다. 마음의 스크린에 아직 벚꽃이 활짝 피어 있을 때.

관계를 회복하기 위해 써내려가야 하는 편지는 대단히 어렵다. 게다가 상대는 이미 결혼을 약속한 상태였다. 일방적으로 이별을 고한 쪽도 유코인데 이제 와서 어떤 말을 풀어내도 그 거리를 메운다는 것은 어려운 일이다. 하지만 이길 수 없는 싸움이라 하더라도 임하는 방법이란 있는 것이다. 유코가 기억하는 타쿠야와의 추억은 모두 진짜였다. 나는 그 추억을 편지 중심에 두었었다.

―슬펐던 일보다 어째서 즐겁고 아름답고 행복했던 기억만 나는지. 눈을 감으면 내게 너무도 다정했던 타쿠 모습이 되살아납니다. 그리고 매일 타쿠짱을 생각해요.

유코에게 온 편지에서 다음 글을 발견하고 나는 안도했다.

―네게 온 편지로 인해 과거의 나는 이제야 행복할 수 있었다.

두 사람은 과거에 맺힌 감정을 뛰어넘어 이 순간 하나가 됐다고 생각한다. 새로운 인생을 시작하는 옛 애인에게 축복의 편지를 보내고 싶다고 유코는 말했다. 이 의뢰는 유코의 성장을 이야기할 뿐 아니라 그녀 자신의 출발 또한 의미한다.

나는 두 사람이 과거를 소중히 간직한 채 각자의 인생을 시작하면서, 하나의 파란 하늘을 평생 간직할 수 있는 그런 편지를 쓸 수는 없을까 하고 내심 노력했다.


❧벚꽃이 활짝 피었어

이노가시라 공원의 벚꽃이 일제히 활짝 피었어요. 그리고 올해도 하얀 벚꽃잎이 공원 주변을 아름답게 채색했어요. 사람들은 활짝 핀 벚꽃 아래서 벚꽃놀이를 하고 있답니다. 나는 혼자서 보트를 타러 갔어요. 선착장 직원 아저씨한테 노 젓는 법을 배웠지만 막상 해보니 노를 동시에 젓는 것이 어려웠어요. 딱하게도 한쪽은 물속에 있는데 한쪽은 물 위를 젓고 있는 형국이었죠.

보트는 재미있죠, 노를 젓는 사람의 뒤쪽으로 나아가니. 마치 인생처럼.

그래, 전에 타쿠짱과 함께 탔을 때도 타쿠짱 등뒤로 보트가 나갔었죠. 내가 큰 소리로 방향을 안내했고.

그때 타쿠짱이 노 젓던 모습을 떠올리며 나는 다시 한 번 해봤죠. 이번에는 노가 동시에 수면을 쳤어요. 하지만 물이 많이 튄 것에 비하면 보트는 좀처럼 움직이질 않았어요. 아저씨가 오셔서 보트 뒤를 밀어주었죠. 덕분에 벚나무 가지 밑을 지나 적당히 넓은 장소로 이동할 수 있었어요. 나중에 탄 사람들이 나보다 먼저 앞으로 나가더군요. 젊은 커플이었는데, 남자가 있는 힘껏 노를 젓고 여자는 계속 웃으면서 그를 바라보고 있었어요.

나는 심호흡을 하고 다시 노를 고쳐 잡았어요. 그리고 천천히 저었죠. 쑥 하고 보트가 미끄러져 나갔어요. 나도 모르게 웃음이 나왔어요. 여기서 긴장을 늦추지 않고 노를 저었어요. 내 뒤쪽으로 보트가 움직이기 시작했어요. 움직였다. 됐다, 움직였어. 난 누구에게랄 것도 없이 그렇게 외치고 있었어요.

활짝 핀 벚꽃이 보이더군요. 주위를 둘러볼 여유도 생겼고. 한 번 또 한 번, 난 정성껏 노를 저었어요. 저 멀리 눈 앞에는 선착장이 보였어요. 그리고 꽤 멀리까지 보트로 이동했어요. 뒤를 돌아보니 호수 맞은편 가까이까지 왔더라구요. 하지만 마음은 편했어요. 겨우 이런 일로 신기할 정도의 성취감이 들다니.

술 취한 사람이 나를 보고 '어이, 여기!' 하고 소리쳤어요. 남자 몇 명이 물가로 나와 내게 손을 흔들었죠. 나는 타쿠짱이 그랬던 것처럼 노를 보트 안에 올려놓고 조심조심 보트 위에서 일어났어요. 호수 주변의 왁자지껄하는 사람들에게 손을 흔든 다음, 자세를 바로하고 교가를 부르기 시작했어요. 1절은 끝까지 외우고 있었는데 2절은 깨끗이 잊어버렸더라구요. 하지만 포기하지 않고 허밍으로 끝까지 불렀어요. 타쿠짱과 신부에게 닿을 커다란 목소리로. 이건 내가 두 사람에게 보내는 응원가, 결혼 축가예요.

내 노래가 전해졌나요?

타쿠짱, 결혼 축하해요. 타쿠짱 행복을 진심으로 응원할게요.
나도 지지 않도록 노력할 거고. 누군가를 찾아야겠죠, 진심으로.

※4월의 맑은 날, 키타조 유코

# 3
## 과거에 얽매이지 않고, 미래에 묶이지 않고

…무심코 인생을 업신여길 때, 거기에는 보이지 않는 함정이 입을 벌리고 있다.

과거에 얽매이지 않고, 미래에 묶이지 않고

  진한 커피로 평판이 자자한데다 고집스러운 남자가 경영하는 카페여서 그런지 레오나르도를 찾는 사람들도 하나같이 개성이 강한 사람들뿐이다.

  주인이 직접 칠했다는 벽은 손님이 피워대는 담배로 본래 색을 상상하기 어려울 정도로 누렇게 변해, 카페 안은 그야말로 세피아색의 사진을 보는 것처럼 고풍스럽다.

  거기에다 단골손님들도 주인에게 지지 않을 정도로 특이한 사람들뿐이다. 잔뜩 찌푸린 얼굴에 담뱃대로 담배를 피우는 노인과 갖고 다니기도 힘들 정도의 책을 안고 와 그 자리에서 섭렵하는 학자풍의 사람, 무슨 생각을 하는지 종일 싱글거리며 커피를 몇 잔이나 마시는 중년 여성 등, 하나같이 독특한 캐릭터들만 모여 있다.

처음 찾아오는 손님에게는 문을 여는 순간 뒷걸음질치게 하는 위화감이 카페 전체에서 풍겨, 나도 처음 이곳을 찾았을 때는 좀처럼 마음이 편칠 않아 커피를 한 잔 마시고는 금방 달아났었다.

하지만 지금은 이곳 분위기가 마음에 들 뿐 아니라 카페 분위기와 조화까지 맞추고 있으니, 나도 그런 독특한 단골손님 중 하나가 된 것이다.

어느 날 카운터에서 커피를 마시고 있는데, 한 노인이 옆으로 바짝 다가앉았다. 노인은 정면을 바라본 채 입가에 미소를 띠고는 고개를 끄덕이고 있다.

좋지 않은 느낌이 들어 관심을 보이지 않으려고 하는데, 노인이 부드러운 어조로 고백했다.

"당신 힘을 빌리고 싶소."

나는 고개를 들어 주위를 둘러보았다. 카페 주인은 카운터 안쪽에서 잡지를 읽고 있었다. 노인의 말은 분명 나를 향한 것이었다.

옆얼굴을 살짝 돌려 봤더니 노인은 고개는 그대로 하고 눈만 내게 돌렸다.

"대필 말입니까?"

내가 물으니 노인이 그렇다고 대답했다.

"사례는 서운치 않게 하리다."

서운치 않게라는 일방적인 말이 마음에 들지 않았다.

"아직 대필을 한다고 결정하지 않았습니다. 사례 이야기는 결정한 다음이라도 늦지 않습니다."

내 말에 노인은 미소를 지으며 그제야 내 쪽으로 얼굴을 돌렸다.

얼핏 보기에는 모르겠지만, 아주 조금 사시인 그의 시선은 미묘하게 나를 벗어나 어딘지 먼 다른 세계를 향해 있었다. 어느 쪽 눈을 보고 이야기를 해야 할지 망설이다 양쪽 눈에 각각 초점을 맞추려 해봤지만, 신기루를 보고 있는 것처럼 종잡을 수가 없었다.

노인이 웃더니 낮은 목소리로 말했다.

"유서를 써줬으면 하오."

노인은 턱을 당기고 내 쪽을 빤히 바라보았다. 시선의 중심이 미묘히 흔들린 탓에 나는 갑자기 긴장했다. 아니 당황했다고나 할까.

"유서요?"

이런 의뢰는 처음이었다. 소설 제재를 찾고 있던 나는 뜻밖의 의뢰에 마음이 동요됐다. 겉으로 보기에 노인은 금방 죽을 것 같지는 않았다. 혈색도 나쁘지 않고 건강해 보였다.

"유서라면, 유산문제 때문에 미리 써두시려는 겁니까?"

"아니, 그런 건 아니오. 단순한 유서라네. 이제 곧 죽으려고 마음먹었기 때문에, 그 전에 가족들한테 내 마음을 정확히 남겨두고 싶은 거외다."

"이제 곧 죽는다는 게 무슨 말이죠?"

노인은 생각에 잠긴 얼굴로 몇 초 간 아무 말 없다가는 내뱉듯이 말했다.

"자살할 생각이오."

노인의 시선이 갑자기 내 시선을 붙들었다. 겨우 1,2초 사이의 일이었다. 아니요, 나는 한숨을 쉬며 되받았다.

"죽을 생각은 없으시군요."

나는 검지를 노인 가슴에 들이밀었다. 노인이 꼭 다물었던 입을 벌리고 웃더니 말했다.

"알겠소? 하지만 그걸 어떻게 알았소?"

"죽으려고 하는 사람은 대필 같은 거 맡기지 않죠. 그렇지 않습니까? 어차피 죽을 텐데 그 다음 일까지 걱정하겠습니까? 재산분배 같은 사무적인 문제라면 굳이 훌륭한 문장이 아니라도 충분하지요. 대필을 부탁하는 건 오히려 자기 존재를 누군가에게 강하게 어필할 필요가 있어서죠, 아닌가요? 유서를 이용하실 생각이신 거죠?"

내 말에 노인은 호기심에 가득 찬 얼굴로 그래서 하며 물었다.

"유서를 사용해 누군가의 관심을 끌고 싶으신 것 아닙니까? 설득력 있는 유서가 필요하신 거죠. 어디까지나 짐작입니다만, 그걸 일부러 눈에 띄는 곳에 감춰둬 가족들이 보게 하는 겁니다."

노인 얼굴이 갑자기 환해졌다.

"그러니까, 걱정을 끼치고 싶은 거죠."

그래, 그렇지 하며 노인은 감탄했다.

"대단하군, 거기까지 알다니. 역시 대필가답구려. 그렇소, 그대로요."

노인이 몸을 앞으로 내밀며 말했다. 나는 달려드는 노인을 견제하듯 다시 한 번 그의 가슴을 가리켰다.

"영감님이 왜 그렇게 번거로운 일을 해야 하는지까지는 모르지만."

내 말에 호응이라도 하듯 노인은 자세를 바로하고는 힘주어 그렇지, 하고 대답했다.

"있을 곳이 없소. 그러니까 집에서 내가 있을 곳이."

노인은 말을 끝내고 주머니에서 명함을 꺼냈다. 들은 적이 있는 외식산업 회사명이 인쇄되어 있었다. 직함은 회장이다.

"회장이라면 사장 위죠? 부사장, 사장, 그리고 회장 아닌가요?"

그렇소, 하고 노인이 말했다. 듣고 보니 분명 노인은 값비싸 보이는 소가죽 재킷을 입고 있다. 왠지 수상쩍어 보이는 풍모도 회장이란 권위 때문이라고 하면 납득할 수도 있을 것 같다.

"회장이란 사람과 만난 건 처음입니다."

내 말에 노인이 웃었다.

"회장님인데 있을 곳이 없단 말입니까?"

"회장실은 있지만 아무도 찾아오질 않지. 회사는 아들들이 경영하고 있고. 스무 살 아래인 아내는 항상 놀러다니느라 바쁘지. 난 액자 속에 있는 그림이요. 한마디로 상징이라는 거지. 저들은 내가 죽으면 본사 정문 앞에 내 동상을 세울 생각이요. 무슨 일만 있으면 회장님 의향이란 말을 써서 지들 마음대로 한 경영을 정당화시키지. 나는 그것을 가능하게 하는 심벌에 지나지 않는단 말이오."

노인은 저고리 안쪽 주머니에서 잎담배를 꺼내 불을 붙이며 말했다.

"아내와 자식들이 읽고 가슴을 칠 그런 유서를 써주시오. 나를 방치하고 무시한 것들에게 복수하고 싶소. 은혜도 모르는 어리석은 녀석들이 자기 잘못을 알 수 있는 유서. 그런 통렬한 것으로 부탁하오. 그럼 우선 대필을 하기 위한 취재를 하러 갑시다. 내 집에 지금부터 놀러 오시게. 말로 설명하는 것보다 내 실제 생활을 보는 것이 빠를 테니까."

이야기를 듣던 나는 어쩔 수 없이 노인을 따라 나섰다. 볕이 따사로운 오후다. 꼬치구이집에서 구수한 냄새가 풍겨 나온다. 공원 입구쯤에서 드럼 소리가 들린다. 축제라도 있었나, 엔니치(緣日. 절이나 신사에 참배하면 영험이 있다는 날_역주) 준비가 한창이다. 솜사탕 기계와 야키소바를 굽는 철판 등이 보였다. 색색의 바람개비가 리어카 위에서 빙빙 돌고 있다.

호수 가운데를 가로지르는 다리를 건넜다. 앞장서 걷는 노인의 등을 바라보며 대기업 회장이란 사람이 왜 이런 시간에 혼자 산책이나 하고 다니는 걸까 하는 생각이 들었다. 어쩌면 이 사람은 회장이 아니라 단순히 마음의 병이 든 노인일지도 모르겠다.

공원 끝쪽에 뚝 떨어져 있는 러브호텔 옆을 지나 좁은 골목을 한참이나 걸었다. 지나가는 사람도 없는 조용한 주택가. 노인은 내 존재 같은 건 까맣게 잊은 듯 더 이상 뒤를 돌아보지도 않는다.

시간만이 한가롭게 흐른다. 새가 지저귀는 소리가 들렸지만 모습은 보이지 않았다.

한참을 걸어 키 큰 나무들로 울창한 곳으로 나왔다. 햇빛이 차단되어 냉랭한 바람이 불었다.

여기요, 하고 노인이 스스로에게 말하듯 중얼거렸다.

고우라이라는 문패가 있었다. 명함에 적혀 있던 이름과 같다. 대문은 텔레비전 사극에서나 볼 수 있는, 문 양쪽에 가신이나 하인들이 사는 방이 있는, 에도시대 무사의 집과 같은 모양이었다.

"자 들어오시오, 사양 말고. 여긴 내 집이니."

노인은 큰 대문 옆에 있는 작은 문을 열고 안으로 들어갔다. 순간 망설였지만 여기까지 와서 돌아갈 수는 없었다. 문을 여니 두 대의 차가 세워진 차고로 들어가게 되어 있었다. 차고 안쪽에 있는 건물 안으로 들어가는 문을 노인이 열쇠로 열었다. 어둑한 복도를 지나자 거실이 나왔다. 사용하지 않는 난로가 있고, 벽에는 빈틈이 없을 정도로 그림이 걸려 있었다. 앤틱 가구가 여기저기에 아무렇지도 않게 놓여 있어, 어둑한 방은 마치 고가구점의 창고 같았다.

나는 노인이 권하는 창가 소파에 앉았다. 엷은 커튼 너머로 정원 잔디가 보인다. 높은 나무 사이로 비춰든 햇빛이 물이 없는 수영장을 비추고 있다. 햇빛에 반사된 수영장 가장자리의 타일만이 살아 있는 물체처럼 눈부셨다.

노인이 찻잔을 들고 들어왔다. 다른 때는 가정부가 있는데 하고 노인이 변명을 하듯 말했다.

"오늘은 아침부터 집사람하고 긴자에 나가고 없네. 미안하지만 인스턴트 홍차로 참아주시게."

티백을 잡고 위아래로 흔들었다. 노인은 잎담배가 가득 들어 있는 상자를 꺼내 권했다. 나는 망설였지만 하나를 골라 입에 물었다. 노인이 성냥갑을 던졌다. 노인의 흉내를 내 불을 붙여보았지만, 연기로 가슴이 메일 뿐 잘 되지 않았다.

노인이 커다란 유리창을 열었다. 밖에서 불어오는 미지근한 바람이 커튼을 흔들었다. 노인은 마일스 데이비스인가 하는 레코드를 올려놓았다. 커다란 방에 비해 소리가 작았다. 귀를 기울여야 겨우 들릴 것 같은 음량이었다. 내 옆에 놓인 일인용 소파에 노인이 깊숙이 앉았다. 그곳이 노인의 지정석인 것 같다.

한 면이 끝나자 노인은 일어나 스테레오로 가 음반을 뒤집어 걸었다. 삭삭 하고 오래된 레코드는 어린 아기가 칭얼대는 듯한 소리를 냈다. 노인은 아무 말도 하려 하지 않았다. 할 수 없이 나는 실내를 둘러보았다. 어느 한적한 지방에 있는, 찾는 사람이 없는 개인 박물관을 배회하는 것 같았다.


결국 무위한 시간을 보낸 뒤, 나는 대필을 맡기로 했다. 복수에 가담하는 건 사양하고 싶지만, 그곳에 없는 가족들에게 노인의 고독을 전하고 싶다는 생각이 들었다.

자신이 없는 난 사례는 성공 후 보수로 하자고 제안했다. 하지만 노인은 고개를 젓더니, 선불이 내가 성공할 수 있었던 비결이었어, 하고 말했다.

"언제나 현찰. 이걸로 성공을 했지."

지갑에서 만 엔짜리 몇 장을 꺼내 내 재킷 주머니에 찔러넣었다. 나중에 세어보고 놀랐다. 만 엔짜리가 스물일곱 장이나 들어 있었다.

집을 나와 노인이 데리고 간 초밥집에서 나는 그가 호소하는 고독에 귀를 기울이게 되었다.


❖ 유서

살아 있으면서도 죽은 것과 죽어서도 사는 것은 비슷한 것 같으면서도 전혀 다르다. 죽은 후 동상을 세우고 아무리 우러러봐준다 해도, 지금이 없는 인간에게 과거의 영광이 무슨 의미가 있을꼬. 예전에 내가 꿈꾸던 미래에 실제로 도달해보니 이보다 더 고통스러운 것이 없다. 그때는 상상도 못하던 일이다……

집에 돌아와 미샤의 머리를 쓰다듬으며 편지지 앞에 앉았다. 몇 줄 쓰다 마음이 무거워져 펜을 놓았다. 그러고는 편지지를 구

거 쓰레기통에 던져 넣었다. 이 유서를 누구에게 쓰면 좋을까. 노인의 아내와 아들들에게? 아니, 아니다. 그게 아니다. 웬일로 조용하기만 한 기치조오지 거리를 창밖으로 바라보며 한참을 생각했다. 술에 취한 젊은이들의 소리가 먼 곳의 개짓는 소리처럼 메아리쳤다.

다시 한 번 펜을 들고 편지지 앞에 앉았다. 그리고 써내려가기 시작했다. 한 노인의 인생을 의미 있는 것으로 변화시키기 위해.

### ❖ 유서

나는 새삼스레 사치스럽게 나이를 먹었다는 생각이 든다. 나는 내 인생을 최대한 활용하며 살아왔다고 자부하며, 먹는 일로 고생한 적도 없고, 이 나이까지 무엇 하나 부족한 것이 없었다. 하고자 했던 일은 모두 다 이루었다 할 수 있지. 물론 그때그때마다 힘든 일도 있었지만, 냉정하게 봐도 순풍에 돛 단 듯한 인생이었다고 할 수 있다.

설사 지금의 시간들이 쓸쓸하고 고독하다 하더라도, 그것에 감사할지언정 내가 누구에게 불평을 할 수 있으리오.

나는 충분히 살았다. 언제 올지도 모를 죽음에 대해 나는 이제, 초조해하거나 동요되는 일 없이 조용히 기다리려고 한다. 이것은 내 남은 인생의 중요한 일이기도 하다.

남은 시간 중에 이제 와서 무슨 일로 조바심을 낼 필요가 있을꼬. 무슨 일에 시샘할 필요가 있을꼬. 당황할 일도 더 이상 없다. 미움이나 야심 같은 건 더더군다나. 아내가 나를 보필해준 덕에 나는 인생이란 등반을 계속할 수 있었다. 아내 사유리에게는 특히 감사할 일이 많다. 내가 사업을 시작한 가장 바쁜 시기에, 아이 셋을 키우느라 소중한 청춘을 바쳤고, 밤늦게 들어가 아침 일찍 나가는 나를 위해 이른 아침과 늦은 저녁식사를 마련해주었고, 스무 살이나 어린 나이에도 불구하고 불평 한마디 없이 가정을 지켜준 사유리에게 가슴속 깊이 감사한다.

금세 잊어버리고 지내지만, 일로 녹초가 되어 돌아온 나를 매일 밤 맞아준 것도 당신이었소. 매일 아침 기운을 돋워 배웅한 것도 당신. 하루하루 그런 사랑의 축적이 지금의 나를 지탱하게 하오. 사소하고 눈에 띄지 않는 노력이지만 그 노력의 축적은 커다란 의미가 있었소. 자칫 잊고 지내기 쉬운 그 노력들을 지금이야말로 깨달아야 한다 생각하오.

사유리가 없었다면 지금과 같은 인생을 걷지 못했을 거요. 소중한 인생을 나를 위해 헌신해준 사람에게 나는 더욱더 고맙다는 말을 해야 할 거요.

또 내 뜻을 이어 회사를 크게 키워준 아들 셋, 타쿠마, 후미야, 유우키에게도 마찬가지로 고마운 마음 가득하다. 너희 삼형제가 힘을 합해 노력해준 덕분에 내가 일으킨 회사는 오늘의 성공을 이룰 수가 있었다. 회사가 창업 이래 가장 큰 위기에 직면했던 70년대 후반, 세 사람이 분투 노력한 보람 있어 도산 위기에서 벗어나 다시 일어설 수 있었다. 그뿐만이 아니라 지금 같은 영화를 손에 넣을 수가 있었다.

나는 너희 삼형제를 자랑스럽게 생각한다. 아무런 불만 없이 이렇게 살 수 있는 것도 너희들의 노력 덕분이다. 이처럼 훌륭한 아들들을 두고 내가 어떻게 불평을 할 수가 있겠느냐.

사람이란 너무 행복하면 그 행복의 의미를 잃기 쉬운 법. 행복이란 게 뭔지 잊어버리게 되는 것이다. 무심코 인생을 업신여길 때, 거기에는 보이지 않는 함정이 입을 벌리고 있다.

감사할 수 있는 것, 이건 틀림없이 행복하다는 증거이다. 만약 죽기 직전에 고마운 마음을 가슴에 채우고 떠날 수 있다면, 그보다 멋진 마지막은 없을 것이다. 나는 너희들에게 셀 수 없이 고맙다는 말을 남기고 이 세상을 떠나려고 한다.

오늘까지 나를 남편으로, 아버지로 따라준 너희들에게 감사하며 떠나려 한다. 감사만이 인생을 더욱 의미 있게 하는 것이다.

만족스런 삶이었다. 흡족할 만큼 인생을 즐길 수도 있었다. 이 멋진 인생에 나는 감사한다.

과거에 얽매이지 않고 미래에 묶이지 않고.

❖ 고우라이 토쿠미츠

# 4
## 가늘게 눈을 뜨고
## 빛나는 수평선을

—

… 값싼 점퍼는 바람 때문에 마치 잠수복처럼 부풀어 파닥파닥 하고 메마른 소리를 냈습니다.

가늘게 눈을 뜨고 빛나는 수평선을

♠히노 마사요 님

 너무 오랫동안 격조했습니다. 봉투에 써진 제 이름만으로는 제가 당신 인생에 어느 정도 관련된 사람인지, 금방 기억해내지 못했으리라 짐작합니다. 그만큼 오랜 세월이 우리 사이에 흘렀습니다.
 생각하고 싶지도 않는 사람에게 온 편지로, 분명 많이 놀라셨으리라 생각합니다. 하지만 어떻게든 당신에게만은 그때의 제 마음을 전해두고 싶었습니다. 오해를 품고 평생 만나지 못한 채, 당신은 천국에 나는 지옥이란 서로 다른 곳으로 가게 되는 것은 정말이지 고통스러운 일이니까요. 오해라고 말씀드렸습니다만, 그렇다고 제가 사람을 죽인 사실이 없어지는 것은 아닙니다. 그 죗값은 살아 있는 한, 아니 죽어서도 계속되겠지요. 하지만 그 죄를 범하게 된 며칠 간의 제 마음을 누가 뭐라고 해도 당신만은 알아줬으면 합니다.

이 편지는 대필가의 도움을 받아 쓴 것입니다. 부끄러운 이야기지만, 저는 한문을 못 쓰는데다 편지 같은 건 좀처럼 써본 적이 없는 사람입니다. 게다가 형무소에 오랫동안 복역하면서 점점 더 활자와는 멀어졌습니다.

아는 사람 소개로 대필해주시는 분을 만나, 이렇게 당신에게 보낼 편지가 쓰인 것입니다. 제가 두서없이 하는 이야기를 대필가 선생님이 저를 대신해서 정리해주십니다. 그 선생님 옆에 앉아 저는 이야기를 합니다. 요즘은 눈도 나빠져 지금까지 쓴 편지를 선생님이 읽어주시면 또 다시 이야기를 하는 식으로 써내려가고 있습니다. 제가 말 주변이 없는데다 또 기억이 오래된 탓에 이야기의 앞뒤가 다소 맞지 않을지도 모르겠습니다. 이야기가 이치에 맞지 않은 곳은 당신의 기억에 비춰 읽어주시기 바랍니다.

그 국도변에 있던 주유소에서 일했던 것은 그럭저럭 25년이나 지난 일이지만, 바로 어제 일처럼 저는 선명하게 기억하고 있습니다. 국도를 끼고 정면이 바다, 그리고 주유소 뒤는 황량한 벌판이 펼쳐져 있었습니다. 빛이 눈부셨습니다. 그래서 항상 눈을 가늘게 뜨고 일을 했습니다. 주유소에 차양이 없었기 때문에 오는 손님 모두 하나같이 실 같은 눈을 하고 있었습니다. 운전하는 동안은 바다를 볼 수 없습니다. 그래서 기름을 넣는 동안, 백이면 백 반드시 바다를 바라봤습니다.

당신도 기름을 넣으러 자주 들러주셨지요. 화사한 파란색 스카프가 인상적이었습니다. 가득 넣어줘요, 하고 당신이 말했습니다. 만땅이라 하지 않고, 가득 넣어줘요, 라고. 바람이 불면 지붕이 없는 폭스바겐 안에서 당신은 흐트러진 머리카락을 양손으로 누르며 웃었습니다. 웃고 있는데도 슬픈 눈을 하고는.

돌아갈 때 당신은 항상 가게에 또 놀러오라는 말을 남겼습니다. 모두에게 한 말이었지만, 풋내기였던 저는 그 말을 진지하게 받아들였습니다. 심야영업을 하는 카페 롱아일랜드 다이너는 주유소에서 자동차로 20분 정도 가야 하는 곳이었습니다. 일이 끝나면 저는 스쿠터를 타고 달렸습니다.

바닷바람에 모래가 날리는 것이 위험해, 저는 스키 고글을 쓰고 스쿠터를 운전했습니다. 값싼 점퍼는 바람 때문에 마치 잠수복처럼 부풀어 파닥파닥 하고 메마른 소리를 냈습니다.

장거리 트럭 운전수들과 시내에서 일부러 온 남자들, 그리고 여자들로 카페는 북적거렸습니다. 국도가 커브를 긋는 구릉지대에 카페 레스토랑 롱아일랜드 다이너가 있었습니다. 세련된 분위기 때문인지 남자뿐 아니라 젊은 여자 손님들도 있었죠.

당신에게 전 그저 손님이었을지 모르지만, 제게 당신은 처음으로 마음을 빼앗아간 여인이었습니다. 그래요. 저는 당신에게 빠져 있었죠.

휑한 카페 안으로 들어서면 미국에서 가져왔다는 그곳의 자랑거리 핀볼머신과 당구대가 입구에 놓여 있었습니다. 큰 소리로 음악이 흐르고 있었지요. 화려한 차림의 카페 여종업원들이 음식과 술을 바삐 나르고 있었습니다. 카운터석과 박스석이 있었지만, 당신 때문에 들른 남자들이 카운터 주변에 몰려 있었습니다. 카운터 안에서 칵테일을 만드는 당신의 쿨한 모습에 모두가 눈을 떼지 못했습니다.

한 가지 변명이 허락된다면, 그때 저는 아직 어렸습니다. 막 스무 살이 되었을 때니까요. 아무것도 모르는 나이였다고 해도 좋겠지요.

 그래서 저는 주인인 후지타 씨가 당신을 괴롭히고 있다고밖에 생각할 수 없었습니다.

 실제로 카페 뒤쪽 바닷가에서 후지타가 당신을 울리는 것을 목격한 적도 있었습니다. 사건이 있던 1년 정도 전이지요. 울고 있던 당신은 제가 있는 것을 알고 후지타 씨를 밀치고 카페 안으로 뛰어 들어갔습니다.

 후지타 씨는 지켜보고 있던 저에게 너였냐 하고 말했습니다. 저는 후지타 씨를 노려보았습니다. 하지만 후지타 씨는 어린 저 같은 건 상대도 하지 않았습니다. 장작을 지고 아무 말도 없이 카페 안으로 사라졌습니다. 저는 석유를 들고 카페 뒤쪽으로 돌아갔습니다. 뒷문이 열려 있어서 안쪽이 보였습니다. 당신이 주방에서 울고 있었습니다. 말을 걸어볼까 망설였지만 그만두었습니다. 당신 입술이 찢어져 피가 흐르고 있었습니다. 수채화 물감 같은 선명한 주홍색의 피. 그 피를 당신은 혀끝으로 빨았습니다.

 당신이 애원하는 눈으로 저를 바라보았습니다. 어둑한 주방 빛이 당신 얼굴 한쪽을 비추었습니다. 배어 나온 피가 빛났습니다. 하얗고 창백한 눈이 어둠속에서 조용히 호흡하고 있는 것을 알 수 있었습니다. 가슴이 두근거렸습니다. 말을 걸 수도 없었습니다. 마치 살아 있는 기적을 목격한 것 같은, 그런 기묘한 감각. 당신은 아름다웠습니다. 정말로 아름다웠습니다. 저 같은 사람이 가볍게 다가갈 수 없을 정도로.

당신은 마치 유랑민족처럼 한밤중에 춤을 추었습니다. 그것이 플라멩코라는 걸 당시의 저는 알지 못했습니다. 세비쟈나스라는 곡에 맞춰 당신과 후지타 씨가 춤 추는 걸 손님들이 꼼짝 않고 지켜봤습니다. 여자 손님들은 환성을 질렀지만, 남자들은 언제나 당신의 풍만한 육체와 만면의 미소만을 보고 있었습니다.

후지타 씨가 당신에게 춤을 가르쳐주었다고 누군가가 소곤거렸습니다. 당신과 후지타 씨가 어떤 관계였는지 저로서는 알 수 없습니다. 하지만 당신이 후지타 씨에게 맞는 것을 목격한 저는 두 사람이 지독히 사랑한다는 생각이 들었습니다. 그렇지 않고서야 남자가 여자를 때리는 일이 허락될 턱이 없지요. 제 아버지는 미장이였는데 어머니를 자주 때렸습니다. 사랑하니까 때린다는 건 아버지의 입버릇이었습니다.

후지타 씨가 다른 여자와 주유소에 들른 건 그러고 나서 얼마 지나지 않아서입니다. 저를 보자 후지타 씨가 웃었습니다. 젊은 여자는 시내 사람인 듯 화려한 분홍색 스카프를 목에 감고 있었습니다. 기름 냄새와 섞인 여자의 향수 냄새가 제 기억속에 달라붙었습니다. 두꺼운 입술을 한 동물적인 요염함이 있는 여자였습니다.

저는 후지타 씨가 운전하는 페어레이디가 출발하자, 동료에게 주유소를 부탁하고 바로 뒤를 쫓았습니다.

페어레이디는 구릉지대 제일 위쪽에 있는 모텔로 들어갔습니다. 나는 스쿠터를 세우고 끓어오르는 분노를 주체하지 못했습니다. 문득 정신을 차리고 보니 혼자서 모래언덕을 달리고 있었습니다. 후지타 씨가 이 모텔에서 당신과도 같은 일을 했으리라 상상하면서.

그날 밤, 당신은 처음으로 제게 상냥하게 대했습니다. 그전까지는 제대로 말도 걸지 않았었는데, 그날은 제 곁에 앉아 함께 술을 마셨습니다.

장거리 트럭 운전수가 저를 놀렸죠. 아이들이 드나들 곳이 아니라고. 그러자 당신은 이 사람은 훌륭한 어른이야 하고 저를 감싸주었습니다. 그 말에 모두들 웃었지만, 당신은 진지한 얼굴로 제게 입맞춰주었습니다. 저는 돌처럼 굳었고 남자들은 웃음을 걸었으며 후지타 씨는 무서운 눈으로 당신을 노려보았습니다. 그리고 전 마시던 진을 토하고 말았지요. 저는 카페에서 뛰쳐나왔습니다. 무슨 일이 일어난 건지 알 수가 없어 카페 뒤쪽 해변에 멍하니 서 있자 당신이 달려와, 저 사람들이 널 바보 취급하잖아 하며 저를 위로해주었습니다.

"미안, 립스틱이 묻었네." 당신이 말했지요. 하지만 그 순간, 저는 당신을 사랑하고 있었습니다. 첫 키스. 하지만 충분히 훌륭했습니다. 평생 잊을 수 없는 추억입니다.

당신이 저를 안아주었죠. 저는 당신에게 매달렸습니다. 너무 흥분한 나머지 무슨 일이 일어나고 있는지 알 수가 없었습니다. 당신은 무척 취해 있었습니다. 후지타에게 사랑받지 못하는 화풀이로 나를 안은 것입니다. 그걸 너무도 잘 알고 있었기에 괴로웠습니다. 나는 밤하늘 아래서 밀려오는 파도 소리를 들으며 당신에게 빠져 있었습니다.

당신이 카페로 돌아간 다음에도 난 꼼짝도 할 수가 없었습니다. 당신 입술은 젖어 있었고 나를 빨아들일 것만 같았습니다. 하지만, 나중에 냉정히 되돌아보니 그건 타액이 아니었습니다. 당신 입술을 적신 건, 볼을 타고 내려온 눈물이었지요.

며칠 후 당신이 기름을 넣으러 왔습니다. 하지만 한낮의 햇빛 아래서 저 같은 건 안중에도 없었지요. 말을 걸어봐도 건성으로 대답하는 당신은 선글라스로 부은 눈을 가리고 있었습니다. 그리고 무서운 얼굴로 바다를 노려보았습니다. 거스름돈을 돌려주기도 전에 당신은 차를 돌려 가버렸습니다.

그런 당신이 걱정돼, 저는 배달 중에 롱아일랜드 다이너에 들렀습니다. 후지타 씨와 당신 차가 나란히 세워져 있었습니다. 카페 문은 닫혀 있었고 조용했습니다. 하지만 저는 국도에 급유차를 세워둔 채 그곳을 떠날 수 없었습니다. 꼼짝 않고 그저 롱아일랜드 다이너를 바라보았습니다.

낮게 드리워진 하늘에 바다는 회색 구름으로 덮여 있었습니다. 어두운 구름이 수평선 쪽부터 밀려오고 있었습니다. 바람 때문이었겠지요. 파도가 높고 소란스러웠습니다.

제가 주유소를 그만둔 건 그 후 얼마 되지 않아서입니다. 국철역이 있는 강가의 작은 마을로 떠났습니다. 그곳은 바다에서 먼 육지 마을. 두 번 다시 롱아일랜드 다이너에는 가지 않겠다고 맹세했습니다.

역 근처에 있는 주유소에서 저는 일을 시작했습니다. 마을이라고 해봐야 변화가는 역 주변뿐이고 오는 손님은 대부분이 아는 사람, 그것이 너무도 싫었습니다. 삼 개월 정도 지난 어느 날, 주유소에 눈에 익은 차가 들어왔습니다. 운전을 하고 있는 건 당신이었지요. 눈이 마주치자 어머 하고 당신이 말했습니다.

"여기 있었네. 당신이 주유소를 그만둬서 무척 서운했어."

당신이 그렇게 말해주었죠. 자동차에서 내려 제게 열쇠를 주었습니다. 한순간, 손끝이 스쳤습니다.

"나도 거기 그만뒀어. 이런저런 일이 있어서."

이런저런 일이 있어서란 말이 제 귓가에 남았습니다. 세차를 하면서 제 시선은 당신만을 의식했습니다.

그날 이후로 당신은 자주 제가 있는 주유소에 들러주었습니다. 여름이 끝나갈 무렵의 어느 날, 당신이 함께 드라이브를 하자고 제게 말했습니다. 일이 끝나자 전 약속한 역 앞 로터리로 서둘러 갔습니다. 햇빛이 찌르듯이 눈부셨습니다. 당신은 가늘게 뜨고 수평선을 바라보았던 눈으로 저를 바라보았습니다.

당신이 제게는 첫 여자였습니다. 당신이 마음의 공백을 채우기 위해 절 필요로 했다는 건 알고 있었습니다. 그래도 저는 기뻤습니다. 언젠가는 이런 시간들을 잃게 될 거란 걸 상상하면서 가슴을 졸이며 지내게 되었습니다. 하지만 행복이란 그런 거라 생각합니다. 너무 행복하면 사람은 불안해지지요. 그렇다고 그것이 사건의 동기였다고 할 생각은 추호도 없습니다.

당신은 아무 말도 하지 않았습니다. 단지 저는 느낄 수 있었습니다. 그리고 어떻게 하면 좋을지 모른 채 국도변에 있는 그 카페를 찾아갔습니다. 적어도 그때의 저는 후지타 씨와 당신에 대해 이야기할 생각이었습니다. 이야기를 해서 어떻게 되는 것이 아니라는 걸 알면서도. 당신의 슬픈 눈을 더 이상 보고만 있을 수 없었습니다. 그래서 이야기를 나눠 제대로 해결해야 한다고 생각했습니다.

깜깜한 해안선에 롱아일랜드 다이너의 빛이 떠 있었습니다. 트럭들이 계속해서 주차장으로 빨려 들어가고, 커다란 몸집의 운전수들이 트럭에서 굴러 나오듯이 내렸습니다. 밤늦은 시간까지 나는 국도를 낀 풀숲에 누워 감시원처럼 계속 카페를 지켜보았습니다. 하지만 결국 그날은 아무 말도 못하고 태양이 바다 저편에서 떠오르는 것을 확인하고 집으로 돌아왔습니다.

일을 하면서도 저는 당신 생각만 했습니다. 연상의 당신에게서만 느낄 수 있는 달콤한 여인의 향기를. 잠을 잘 때나 깨어 있을 때나 일할 때, 언제 어디서나.

사건이 일어난 날, 저는 일찌감치 일을 마치고 당신 집으로 향했습니다. 여느 때처럼 스쿠터를 주차장 한쪽에 세우는데, 눈에 익은 빨간 페어레이디가 눈에 꽂혔습니다. 나는 움직일 수가 없었습니다.

저녁 무렵, 문이 열리고 후지타 씨가 안에서 나왔습니다. 순간 당신이 보였지만, 어떤 얼굴을 하고 있는지는 알 수 없었습니다. 울고 있는 것처럼도 보이고 웃고 있는 것처럼도 보였습니다. 하지만 그런 건 상관없었습니다.

저는 스쿠터로 후지타 씨를 미행했습니다. 후지타 씨는 제가 미행하는 것을 알아챘습니다. 그리고 사건현장이 된 다리 위에 차를 세웠습니다. 저도 스쿠터를 세웠습니다. 우리 둘은 바닷바람을 맞으며 서로 노려보았습니다. 살의 같은 건 없었습니다. 당신을, 당신을 자유롭게 해달라고 부탁하려 했던 것뿐입니다. 스쿠터에서 내려 바로 후지타 씨와 마주 섰습니다. 하지만 정신을 차리고 보니 어느새 몸싸움을 벌이고 있었습니다. 싸우게 된 동기 말입니까? 모릅니다. 아무런 이유도 없었던 것은 아닙니다. 그래요, 구름 사이로 태양이 얼굴을 내밀었습니다. 햇빛이 두 사람을 감싸안았습니다. 눈이 부셔 어쩔 줄 몰랐습니다. 뭐야, 너냐 하고 중얼거린 다음에 후지타 씨는 당신이 그랬던 것처럼 눈을 가늘게 뜨고 바다를 바라보았습니다.

같은 시선이었습니다.

그 수평선을……

파도가 높게 일고 있었습니다. 수평선 저쪽으로 금물결 은물결이 반짝이고 있었습니다. 나도 한순간 바다를 보았습니다. 파도가 해안선으로 밀려와 포말이 일었습니다. 우리는 서로 엉켜 붙어 바다와 강 사이에 떨어졌습니다. 물 위로 얼굴을 내밀자 일대가 주홍빛으로 물들어 있었습니다. 그리고 거기에 몇 개인가 거품이 보였습니다. 그런데도 그는 떠오르지 않았습니다.

정신이 들어 허겁지겁 주변을 찾았습니다. 조금 떨어진, 흐름이 완만한 곳에 후지타 씨가 떠 있었습니다. 바다에서 밀려오는 파도와 강물이 미묘하게 서로 부딪치는 곳에.

썰물 시간이었던 탓에 물이 얕았습니다. 도리(교각 위에 걸쳐 널빤지를 받치는 부재_역주) 옆 콘크리트에 머리를 찧었나 봅니다. 경찰서에서 저는 후지타 씨와 말싸움을 했다고 거짓말했습니다. 자동차와 스쿠터가 충돌할 뻔해서 서로 다투다 싸움이 됐다고.

  당신에게 폐가 되는 것이 두려웠습니다. 돌발적인 사고였다고 반복했습니다. 사실 어떤 의미에서는 그랬습니다. 그렇게 되리라고는 생각지도 못했습니다. 아니오, 어쩌면 그렇게 될 것을 마음속 어디선가 바라고 있었는지도 모릅니다.

  복역하는 내내 후지타 씨에게 사죄했습니다. 매일 기도했습니다. 출소한 지 벌써 10년이 지났습니다. 그동안 그곳에는 발을 들여놓은 적이 없습니다.

  하지만 몇 년 전, 여기서 우연한 계기에 동창생과 재회를 했습니다. 그 친구를 통해 당신이 롱아일랜드 다이너를 이어서 하고 있다는 사실을 알았습니다. 25년이나 지났는데, 아직도 그곳에 롱아일랜드 다이너는 살아 있군요. 당신은 그렇게도 그 사람을 사랑했군요.

  저는 당신을 만나 분명히 사죄해야 한다고 생각했습니다. 하지만 당신은 만나고 싶어하지 않을지 모르지요. 그래서 이렇게 긴 편지를 쓰게 된 겁니다. 편지가 당신에게 닿을지 어떨지 저는 모르겠습니다. 당신에게 답장이 올 거란 생각도 하지 않습니다. 하지만 그날부터 오늘까지 저는 계속 홀로 살아왔습니다. 당신 외엔 아무도 사랑하지 않았습니다. 쓸쓸할 때면 바다를 보러 갑니다. 그리고 하루 종일 눈을 가늘게 뜨고 반짝이는 수평선을 바라봅니다. 당신이 거기에 있는 것만 같은 기분입니다.

결국 전 당신을 가장 슬프게 만든 사람이 되었습니다. 제가 원하는 것이 아니었습니다. 정말이지 원하지 않았던 일입니다.

사건에 대해 어떻게 사죄를 해야 할지 아직도 모릅니다. 그래서 편지를 쓰려고 생각했습니다. 증오로 되돌아와도, 어떤 말이 되돌아와도 저는 그것을 모두 감수하겠습니다. 저라는 인간이 사라지는 그 순간까지.

🕯 오가타 슈지

# 이참에 분명히 하기 위해 5

…제가 어떤 사람인지 잘 알았습니다. 얼마나 말도 안 되는 사람이란 것도.

이 참 에   분 명 히   하 기   위 해

 한마디로 마음이 약한 여자 의뢰인이었다. 한눈에 금방 알 수 있을 정도로, 우물쭈물한데다 고개는 내내 약간 숙인 듯, 시선이 마주치면 비켜버린다. 게다가 목소리가 작아 몇 번이고 다시 물어봐야 했다.
 이렇게 마음이 약해서 어떻게 살아가나 걱정스러울 정도였다. 나카라이 히사미는 의류 관련 회사에서 일하는 직원이다.
 레오나르도 안쪽의 늘 같은 자리에서 나는 그녀와 마주 앉았다. 우유부단한 자신이 초래한 현실을 타파하기 위한, 그러니까 이참에 모든 것을 분명히 하기 위한 의뢰였다.
 우선 첫 번째 편지는 동료인 기시베 토시오가 한 교제신청을 거절하는 것이었는데, 이야기를 들어보니 이 기시베란 사람, 히사미가 자기를 싫어하는 것도 아직 모르는 모양이다. 히사미 말에 의하면 기시베 토시오는 극도로 자존심이 강하고 자기중심적이며 모든 걸 자기 좋을 대로만 해석하는데다, 매너도 없고 함부로 남의 험담을 하는 버릇이 있단다.

히사미가 호감을 가지고 있는 건 기시베 옆자리에 있는 하가 사토시. 기시베는 하가에게 히사미 일을 자주 의논해, 히사미는 그것이 무척이나 마음에 걸린단다.

두 번째 의뢰는 하가 사토시에게 보내는 편지로 기시베가 불고 다니는 이야기가 모두 사실이 아니라고 부정한 다음, 하가 사토시에게 넌지시 자기 마음을 전해달라는 것이었다.

세 번째 편지는 어머니 소개로 맞선을 본 남자에게 보내는 것으로, 우유부단한 성격 때문에 상대의 진지한 태도를 거절하지 못해 한 번도 아닌 두 번이나 데이트를 해서, 상대인 회사원 호노베 킨야는 히사미도 자기를 마음에 들어한다고 오해하고 있다는 것이다.

그리고 네 번째는 예전의 애인이었던 도키토 신지에게 보내는, 지긋지긋한 관계를 청산하겠다는 편지였다.

두 사람은 대학시절부터 사귀어왔는데, 2년 전 상대방의 일방적인 통보로 헤어졌다. 내성적인 그녀는 아무런 항의나 불평도 못하고 도키토의 제멋대로인 결별선언을 받아들였다. 도키토한테는 바로 새 애인이 생겼다. 아무래도 자기랑 사귀던 중에 이미 그녀와도 관계를 맺고 있었던 것 같다고 한다.

그런데도 도키토는 가끔 히사미를 불러내서는 마치 애인을 대하듯 한다. 그래서 친구인지 애인인지 선이 불분명해지고 만다. 그러면 안 되는 줄 알면서도, 어느새 히사미는 도키토와 함께 아침을 맞이할 때가 많다. 호텔에서 나올 때의 서먹서먹함이 늘 그녀를 우울하게 만든다. 옷을 갈아입으러 일단 집에 들렀다 졸린 눈을 부비며 출근하는 자신이 너무도 싫다. 게다가 도키토는 '옛정'이란 말로 히사미에게 돈을 요구하기에까지 이르렀다.

이참에 충치를 치료하듯이 모든 문제를 한꺼번에 해결하고 싶다는 것이 그녀의 생각이다.

하지만, 하고 히사미는 시선을 피하면서 덧붙였다.

"저, 아무도 저를 미워하지 않았으면 좋겠어요. 도키토하고 예전에 사귈 때, 너는 '팔방 미인'이다라는 말을 들은 적이 있어요. 정말 제가 모든 사람에게 다 잘 보이려고 하는지도 모르겠어요.

하지만 사람들과 옥신각신하고 싶지 않아요. 그러다 보니 늘 이렇게 일이 얽히고 말아요."

그렇군요. 나는 그녀의 말에 동의했다. 확실히 이런 성격으로 살아가는 건 쉬운 일이 아닐 것이다.

"하지만 모든 사람들에게 다 좋은 얼굴을 하고 살려고 하면, 앞으로도 이런 문제가 계속되지 않겠어요? 할 말은 확실히 해야죠. 그런 노력이 없으면 같은 문제가 앞으론 더 늘어날 겁니다."

"하지만, 선생님. 그러니까 선생님 같은 분이 계시잖아요. 저처럼 우유부단하고 마음이 약한 사람을 위해 편지를 대필해주시는 분이."

히사미는 나를 빤히 바라보며 호소했다.

"그건 그렇죠. 저는 편지를 대필해주는 사람이지 정신분석을 하는 의사는 아닙니다. 편지를 대필해 당신 같은 사람을 도와주는 것이 제 일이지요. 쓸데없는 말을 했군요."

그러자 히사미는 바로 표정을 바꿔 그게 아니에요, 하고 말한다.

"죄송합니다. 그런 뜻으로 한 말은 아니었어요. 뭐라고 해야 할까, 제 이런 성격에 화가 난 것뿐이에요."

히사미가 사과를 했다. 이건 성공 보수가 아닌, 처음부터 확실히 일로 해야겠다고 스스로 다짐했다.

우선 싫어하는 줄도 모르고 대시해오는 기시베 토시오에게 보내는 편지를 썼다. 상당히 적극적이고 자기중심적인 남자라고 했다.

그런 남자에게 상처가 되지 않으면서 자연스럽게 히사미의 본심을 알려, 그쪽에서 알아서 관계를 끊도록 만든다는 건 웬만한 기술이 필요한 일이 아니다.

게다가 기시베 옆에 있는 하가 사토시는 히사미가 마음에 두고 있는 사람. 기시베가 하가에게 상의할 것을 염두에 두고 써야 한다. 회사 내에 나쁜 소문이 돌면 모든 것이 수포로 돌아간다. 지뢰밭을 포복 전진하는 것과 같은 신중함이 필요할 것이다.

맙소사, 난 소설은 쓰지 않고 도대체 뭘 하는 건지. 머리를 긁적거리며 실소했다.

∽ 기시베 토시오 님

저는 말주변이 없어 오해를 불러일으키는 일도 많고, 소중한 친구를 잃은 경험도 있습니다. 그래서 이렇게 편지로 지난번 당신 제의에 대한 제 솔직한 마음을 전하려고 합니다.

직장에서는 이런저런 일로 도와주셔서 늘 마음 든든하게 생각합니다. 저 같은 사람에게 그렇게까지 해주시는 건 기시베 씨가 자상하신 분이기 때문이겠지요. 제가 너무 실수투성이인데다 모든 게 서툴러 두고 보기가 딱하신 거겠죠. 그 친절하신 마음이 저를 아름답게 오해하셨다고 생각합니다. 하지만 저는 당신에게 어울리는 그런 사람이 아닙니다. 우유부단한데다 덜렁대고, 내성적이기까지 해서 분명 당신에게는 거치적거리는 존재가 되고 말 것입니다. 그런 제가 싫어지실 것은 불을 보듯 훤합니다. 당신처럼 모든 일에 적극적이고 긍정적이며 활기 넘치는 분에게는 거기에 맞는 빛을 발하는 여성이 어울릴 것입니다.

그런 장점을 가지신 기시베 씨는 부서의 빛입니다. 모두들 당신에게 용기와 격려를 얻고 있고, 늘 힘차게 리드해주시는 모습은 햇빛에 비유하기에 충분할 것입니다. 당신 같은 분이 제 편이 되어주셔서 저는 얼마나 행복한지 모릅니다.

 저의 이 같은 성격 때문에, 마음에 두고 있는 남자분이 있음에도 고백을 하지 못하고 있습니다. 그 사람 앞에 서면 부끄러워 평소의 제 마음을 보이지 못하고 맙니다. 기시베 씨의 자연스런 모습은 저에게 큰 용기가 됩니다. 저도 이제부터는 제 마음을 분명히 상대에게 전하는 용기를 갖고 싶습니다.

 일뿐만이 아니라 사적인 면에서도 기시베 씨께 많은 것을 배웠다고 새삼 깨닫습니다. 정말 감사합니다. 그리고 모쪼록 앞으로도 미숙한 저를 이끌어주시기 바랍니다.

 기시베 씨에게 미움을 받는 건 너무도 가슴 아픈 일입니다. 저의 나약함을 부디 경멸하지 말아주세요. 마음이 넓으신 분이니 분명히 웃는 얼굴로 용서해주시리라 믿습니다. 앞으로도 무슨 일이든 의논할 수 있는 동료로 잘 지낼 수 있다면 그처럼 마음 든든한 일은 없을 겁니다.

└ 나카라이 히사미

그리고 그녀가 마음에 두고 있는 하가 사토시에게 보내는 편지는 다음과 같다.


◈ 하가 사토시 님

 바로 앞에 앉아 계시는 분께 이렇게 편지를 쓰는 건 정말 부끄러운 일이군요. 이 편지를 받고 당신이 곤란해하실 모습을 생각하니, 저절로 펜 끝이 떨립니다.
 하지만 누구에게도 의논할 수 없는 곤란한 문제가 있어, 존경하는 하가 씨께 어드바이스를 얻어 이 국면을 벗어나고자 이렇게 편지를 씁니다. 하지만 큰 소리로 이야기할 만한 내용도 아니고, 또 잘못하면 상대에게 상처가 될 수도 있는 미묘한 문제입니다.
 조심스럽고 조심스러운 마음으로 편지를 쓰고 있습니다만, 저의 배려가 부족해 커다란 오해를 불러일으킬 가능성도 있습니다. 하가 씨께서 넓은 마음으로 행간을 읽어주셨으면 합니다.
 의논드리고 싶은 건, 다름이 아니라 하가 씨 옆에 앉아 계신 기시베 씨 일입니다. 기시베 씨가 저와 사귀고 싶다는 제안을 해오셨습니다. 저를 과대평가하고 오해하신 때문이라고 생각합니다만, 저의 내성적인 성격 탓에 아직 분명히 거절을 못했습니다. 그리고 이제 겨우 제의를 거절하는 편지를 썼습니다. 그 편지를 전하려고 하는데, 기시베 씨가 필요 이상으로 상처를 입지 않을까 걱정이 됩니다.

제가 뵙기에 두 분이 친하게 지내시는 것 같습니다. 그래서 너무 외람된 부탁인 줄은 압니다만, 기운을 잃고 있는 기시베 씨를 보게 되시면 곁에서 위로해주실 수는 없는지요.

같은 회사에 있으면서 나쁜 감정을 남기고 싶지 않습니다. 기시베 씨는 저의 소중한 동료입니다. 저와 기시베 씨 관계가 어색해지면 저희 부서 전체에도 좋지 않은 영향이 있겠지요. 부족한 저를 위해 힘을 빌려주실 수는 없는지요.

그리고 어렵게 펜을 든 김에, 제 마음을 조금만 고백하고자 합니다. 하가 씨의 존재가 지금의 제게는 희망의 빛입니다. 일이 제대로 풀리지 않아 힘이 들 때, 저도 모르게 당신을 바라보고 있는 스스로를 발견합니다. 당신이 거기에 계신 것만으로도 하루하루를 무사히 넘길 수 있다는 것이 신기합니다.

하지만 하가 씨께는 사랑스러운 애인이 계시겠지요. 겁쟁이인 저는 자꾸만 작아져 고개를 떨어뜨릴 뿐입니다.

제게는 당신께 제 마음을 고백할 용기가 없습니다. 그래서 그저 당신을 바라볼 뿐입니다. 당신은 제 바로 앞에 앉아 계십니다. 그것만으로도 제 마음은 환해집니다. 몰래 당신 모습을 바라보는 걸 용서하세요.

마음 약한 제게 조금만 더 용기가 있다면, 당신 앞을 가로막고 서서 제 마음을 전할 수 있을 텐데. 작으나마 이 편지가 당신 마음에 닿기를 기도합니다.

닿을 수 있기를, 닿을 수 있기를…….

༺ 나카라이 히사미

이 편지들이 얼마나 효과를 볼지는 알 수 없다. 읽기에 따라서는 정말 못 봐줄 여자라고 무시당할 가능성도 있다. 하가 사토시를 만난 적이 없다는 것이 대필하는 입장으로서는 마이너스 포인트일 것이다.

기시베에게 보낸 편지에서 중점을 둔 것은, 제의를 거절하는 이유가 어디까지나 히사미 자신에게 있다는, 자기를 낮추는 전술로 일관했다는 점이다. 오만한 점을 보이면 무슨 말을 퍼뜨릴지 모를 남자인 것 같아 자세를 낮추기로 한 것이다.

―제가 너무 실수투성이인데다 모든 게 서툴러 두고 보기가 딱하신 거겠죠. 그 친절하신 마음이 저를 아름답게 오해하셨다고 생각합니다.

우선은 이렇게 전제를 한 다음, 그 다음으로 이어간다.

―저의 이 같은 성격 때문에, 마음에 두고 있는 남자분이 있음에도 고백을 하지 못하고 있습니다. 그 사람 앞에 서면 부끄러워 평소의 제 마음을 보이지 못하고 맙니다.

히사미가 내성적이라는 건 누구나 다 아는 사실이기 때문에 그 점을 이용했다. 마음속에 다른 사람이 있다는 걸 자연스럽게 전하는 건 오토베 후지코 때와 같은 방법이다.

그러고는,

―기시베 씨의 자연스런 모습은 저에게 큰 용기가 됩니다. 저도 이제부터는 제 마음을 분명히 상대에게 전하는 용기를 갖고 싶습니다.

하고 한마디 덧붙임으로 자존심이 강한 기시베 마음이 가능한 한 상하지 않도록 노력했다.

한편, 하가 사토시에게는 기시베에게 교제 제의를 받았다는 것을 넌지시 비친 다음, 제의를 거절하는 편지를 썼다는 걸 고백하고, 그 위에 기시베를 위로해줄 수 없는지 하는 조금은 뻔뻔스러운 부탁을 한다.

―같은 회사에 있으면서 나쁜 감정을 남기고 싶지 않습니다. 기시베 씨는 저의 소중한 동료입니다. 저와 기시베 씨 관계가 어색해지면 저희 부서 전체에도 좋지 않은 영향이 있겠지요. 부족한 저를 위해 힘을 빌려주실 수는 없는지요. 그리고 어렵게 펜을 든 김에, 제 마음을 조금만 고백하고자 합니다, 로 이어진다.

―마음 약한 제게 조금만 더 용기가 있다면, 당신 앞을 가로막고 서서 제 마음을 전할 수 있을 텐데.

여기는 체인지 업의 반대, 내성적인 여자가 갑자기 강속구로 승부에 나서는 것으로. 버티고 서서란 말을 굳이 사용함으로써 간절한 마음을 상대에게 심어주는 작전이다. 조심스럽고 소극적인 자세만으로는 마음을 전할 수가 없다. 조심스럽지만, 직접적인 강행도 때로는 필요한 것이다. 생각지도 못한 태도에 사람의 마음은 흔들리는 것이다.

자, 이제 세 번째. 일이 잘 되어간다고 믿고 있는 선 본 남자의 구혼을 거절하는 편지를 써보았다. 편지를 쓰면서 나는 솔직히 이런 여자와 결혼하지 않는 게 다행 아닌가 하고 남자를 동정했다.


❧호노베 킨야 님

 당신과 만나고 한 달이 지났습니다. 그동안 흔들리는 제 마음을 감추고 몇 번이나 데이트를 거듭해왔습니다. 마음이 있는 것처럼 행동했다고 비난하셔도 드릴 말씀이 없군요. 당신과 식사를 하거나 차를 마시면서 저는 조금씩 제 마음의 윤곽을 파악해왔다고 생각합니다.
 저는 무슨 일을 하든지 남들보다 몇 배 시간이 걸리는 사람입니다. 때문에 당신을 처음 만나고 오늘까지, 결론을 내리는 데 시간이 걸리고 말았습니다. 그건 오로지 저의 우유부단한 성격 때문입니다. 당신은 그동안 인내심 있게 제 마음을 기다려주셨습니다. 당신도 저도, 부모님이 꺼낸 맞선 이야기를 거절하지 못해,

이른바 인공적으로 만나게 되었지요. 그런 만남이었음에도 불구하고 당신은 딱딱하지 않은 태도와 말투로 지극히 자연스럽게 오래 전부터 알고 지내는 친구를 대하듯 다정히 대해주셨습니다. 그런 당신의 배려에 감동할 때도 많았습니다.

하지만, 지금의 저는 당신의 아내가 될 자격이 없습니다. 이렇게 말씀드리는 건, 제게는 오랫동안 잊으려 해도 잊지 못하는 남자가 있기 때문입니다. 그 사람과의 이별이 아직도 제게 그늘을 드리우고 있습니다.

당신과 알게 된 다음 당신의 그 다정함에 기대어, 아니, 다정함을 이용해서라고 해야 할까요, 그 사람과의 기억을 지울 수 있지 않을까 생각했습니다. 하지만 아니었습니다. 오히려 기억이 선명히 제 속에 살아 있는 것을 새삼 깨달았습니다. 마치 망령처럼.

그 사람을 잊지 못하는 이상, 제가 당신과 결혼할 수는 없습니다. 그건 당신에게 큰 실례며 너무도 뻔뻔스러운 일이지요. 당신의 호의를 배반하며 당신의 아내가 될 수는 없지요. 마음은 정직한 것입니다. 과거의 기억이 가슴속에 얼룩져 있는 한, 저는 그 누구와도 결혼할 수 없습니다. 그 사람을 제 마음속에서 완전히 잠재우지 못하는 이상, 당신의 호의에 기대어 안락한 날을 보낼 수 없다는 것을 알았습니다.

 짧은 만남이었지만, 뜻깊은 시간이기도 했습니다. 정말 감사합니다. 언젠가 어딘가에서, 인공적이지 않은 자리에서 우연히 만날 수 있기를 은근히 기대해봅니다. 안녕히 계세요. 바쁘실 줄 압니다만, 몸 건강히.

༄나카라이 히사미

 그리고 마지막으로 끊을 수 없었던 지긋지긋한 인연의 옛날 애인, 도키토 신지에게 결별을 고하는 편지이다.

 ༄신지에게

 난 네게 차였어. 그리고 너한테는 지금 새 애인이 있고. 그런데도 우리는 가끔 육체적인 관계를 갖고 말아. 물론 난 지금도 널 좋아해. 그래서 난 네 억지스런 요구에 굴복하고 몸을 허락하고 말지. 네겐 사랑스런 애인이 있다는 것을 알면서도. 하지만 오해하지는 마. 지금도 네게 반해 있는 건 아니니까. 난 단지 네게 안겨 나한테서 너를 빼앗아간 네 새 애인에게 복수를 하고 있는 것뿐이야. 네게 안겨 우리가 함께 보냈던 즐거운 날들을 추억하거나 하진 않아. 네 새 여자친구가 이 사실을 알면 분명 나락으로 떨어지겠지 하는 생각을 하며 네게 안겨 있는 거야. 하지만 걱정 마, 네 귀여운 여자친구에게 일러바치지는 않을 테니까. 또 너희 두 사람 집에 들이닥쳐 악다구니를 쓰거나 하지도 않을 테니까.

 나를 안고 난 다음, 네가 갑자기 차가운 태도를 보이는 걸 용서할 수 없지만, 이건 복수니까 할 수 없겠지. 무섭니?

 넌 예전부터 자만심이 강했지. 그리고 지금도 여전하고. 넌 바보야, 정말 도저히 어떻게 해볼 수가 없을 정도로. 어째서 너처럼 여자나 밝히는 남자에게 반했을까? 지금은 너와 헤어지길 잘했다고 생각해. 그렇잖아, 몰래 옛날 여자와 자지는 않을까 하고 걱정이나 했을 테니 말이야. 그런 무성의한 남자라는 걸 안 것만으로도 다행이지. 난 나만을 소중히 여기는 그런 남자를 찾아 보여주고 말거야. 그래서 네가 후회하게 만드는 거지.

넌 내 내성적인 성격을 이용하고 있었지. 내가 분명하게 거절하지 못할 거라고 생각했겠지. 하지만, 난 널 거절해. 더 이상 돈을 빌려주지도 않을 거고, 네가 불러내도 나가지 않을 거야. 그건 너를 위한 일이야. 이대로 네가 나쁜 인간이 되는 거, 너무도 시시한 남자로 전락하는 걸 보고 싶지 않으니까. 네게 하고 싶은 말은,

"고마워. 네가 싫어."

신지. 이젠 너도 알아야 해. 인간은 깨닫는 동물이니까. 그리고 깨달은 다음엔 그걸 고쳐야겠지. 그렇지 않으면 네 인생은 늘 똑같은 반복일 거야. 지금 있는 여자친구도 나처럼 괴로워하게 되지. 그런 되풀이가 너는 행복하니?

사랑과 똑바로 마주하길 바래. 상대의 마음을 네 마음처럼 되돌아봐주길 바래. 난 네 자상함을 믿어. 그러니까 더 이상 네 응석을 받아주지 않을 거야. 내게 더 이상 기대도 이젠 소용없어.

복수는 끝났으니까 이젠 고맙다는 말을 전할게. 네가 행복한 인생을 보내기를. 그래서 이별을 고하는 거야. 넌 네 길을 가. 나도 내 길을 찾아갈게.

신지. 시시한 남자는 되지 말아줘. 처음 만났을 때의 네 모습은 빛났었어.

그때의 네 모습은 아직도 내 안에 있어. 그럼 안녕.

                                                                               ᙚ 히사미


나카라이 히사미는 그 자리에서 네 통의 편지를 읽은 다음, 작게 고개를 숙였다. 나는 대필료를 받았다. 그녀는 계속 아무 말이 없다.

"어떻게 하실 생각이죠?"

내가 질문을 던져보았다. 그녀가 모르겠어요, 하고 중얼거린다.

"하지만."

하고 히사미가 다시 말했다.

"하지만, 대필을 부탁드리길 잘했어요. 선생님 고맙습니다."

나카라이 히사미는 고개를 깊이 숙였다. 그러고는 덧붙였다.

"제가 어떤 사람인지 잘 알았습니다. 제가 얼마나 말도 안 되는 사람이란 것도."

나는 그녀를 역까지 바래다주었다. 기치조오지역 개찰구 앞에서 나는 준비해둔 또 한 통의 편지를 꺼냈다. 히사미가 어안이 벙

병한 얼굴을 했다.

"한 통 더 대필해두었습니다. 대필료는 필요 없어요. 그건 서비스죠."

히사미가 봉투에 써진 자기 이름을 보았다. 봉투 뒤의 보내는 사람 이름에도 자기 이름이 써 있었다. 히사미가 고개를 갸우뚱댔다.

"당신이 당신에게."

나는 말을 남기고 발길을 돌렸다.


༄ 나카라이 히사미 님

나는 당신이 싫어요. 당신도 내가 싫은가요?
당신은 나를 변화시키고 싶지 않나요?
나는 당신을 변화시키고 싶어요.
지금이 변화시킬 기회인지도 모르겠어요.
나는 당신이 좋아요. 당신도 내가 좋은가요?

༄ 나카라이 히사미

# 그래도 죽을 생각은 하지 않았다 6

…네 행복을 마치 내 행복처럼 기뻐하는 무례를 용서해주길.

그 래 도   죽 을   생 각 은   하 지   않 았 다

 꼬치구이집 카운터에 앉아 한잔 하고 있는데, 레오나르도 주인이 왔다.
 "같이 해도 되겠나?"
 카운터가 꽉 차 있었다. 마침 비어 있는 내 옆자리에 레오나르도 주인이 앉았다. 여름 밤. 바람도 없는 더운 날에 녹초가 되었다. 술에 취한 학생들이 2층 연회석에서 시끌벅적하다.
 생맥주로 건배를 했다. 주인은 단숨에 술잔을 비웠다. 멀리, 떠들썩한 소리 저 멀리서 불꽃놀이 소리가 들린 듯했다. 불꽃놀이일까요 하고 물었다. 설마, 하고 주인이 대답한다. 이번에는 둘이서 귀를 기울여보았다. 눈동자만이 데굴데굴 움직인다. 2층에서

떠들어대는 젊은이들의 수선스런 소리만이 사방으로 퍼진다.

"안 들리는데, 잘못 들은 게지."

"하지만 분명히 소리가 난 것 같은데."

주인 옆에 앉아 있던 통통한 중년 여자가 다음 역인 미타카에서 불꽃놀이 대회가 있대요, 하고 말했다. 오늘 말이요, 하고 주인이 고개를 돌렸다. 여자는 잔에 남아 있던 맥주를 비웠다. 마시는 모습이 시원스럽다.

그때 퉁 하고 멀리서 불꽃 터지는 소리가 들렸다. 응? 하고 되물어야 할 정도로 작지만, 지면에서 쏘아 올리는 듯한 확실한 소리가.

"맞죠?"

하고 여자가 말했다.

"정말 불꽃놀이네. 야, 벌써 여름이구나."

"여름이에요, 여름."

우리는 함께 웃었다. 실컷 술을 마시고 싶은 날이었다. 누군가가 아와모리(오키나와 지방 술_역주)를 마시고 싶다고 했다. 나와 주인, 그리고 초면인 중년여자 셋이 기치조오지 북쪽출구에 오키나와 지방 술을 마실 수 있는 집으로 갔다.

쾌활한 여자였다. 이노가시라 선 전철 가드레일에 다다르자, 유명한 샹송을 부르기 시작했다. 리듬감 있고 힘찬 목소리로.

"빠담 빠담 빠담……."

샹송을 마치 군가처럼 부른다. 나와 주인이 그녀 앞에 서서 박수를 쳤다.

밤이 깊어가고 우리는 고주망태가 되었다. 커다란 체구의 주인이 제일 먼저 취했다. 우리는 45도나 되는 아와모리 한 병을 그 자리에서 비웠다. 맛있는 음식으로 배도 불렀다.

"당신, 대필가구나."

취해 쓰러지기 전에 주인이 괜한 이야기를 했다.

"본업은 소설가지만, 그것만으로는 먹고 살 수가 없으니까요."

내가 변명을 했다. 중년여자가 먼 곳을 바라보며 중얼거렸다.

"소설가라, 그래서 편지를 술술 쓸 수가 있는 거구나."

나는 양 눈썹을 모으고 어깨를 들썩여 보였다.

"설마요. 편지는 거울 같은 거라 쓴 사람의 마음을 들키기 마련이죠. 대필한 것이 들키지 않도록, 그러면서도 상대방의 마음 깊숙한 곳까지 다다를 수 있는 그런 편지를 쓰는 건 정말이지 어려운 일이죠. 이 일을 시작할 때는 소설을 쓰는 훈련이 될 것 같아서였는데, 막상 해보니 그리 간단한 일이 아니었어요. 물론 공부는 되지만, 책임감도 따르니까 매번 끙끙대며 쓰고 있죠."

여자는 내 잔에 얼음을 하나 넣고는 그 위에 아와모리를 따랐다.

"나는 편지 같은 거 정말 못 쓴다오. 글재주가 없는데다 무슨 말을 써야 할지 모르겠다니까. 용건이 있으면 전화로 해버리는 게 편하고, 편지 쓸 시간이 있으면 가서 직접 만나는 편이 빠르지 않겠어?"

"압니다. 하지만 도저히 만나러 갈 수 없는 사람도 있지요. 그리고 전화로는 할 수 없는 이야기도 있구요. 그럴 땐 편지가 제격이죠. 편지는 사람과 사람의 거리나 시간, 응어리를 조리 있게 매워주는 거거든요. 물론 쓰는 방법에 따라 다르지만……."

여자가 나를 빤히 바라보았다.

"만나고 싶어도 만날 수 없는 사람이라. 그렇지, 알지. 잘 알고말고."

여자는 내가 따라준 아와모리를 마치 남자처럼 호쾌하게 들이켰다. 여자의 눈이 엷지만 빨갛게 충혈된 것이 보였다.

그로부터 며칠 후, 레오나르도의 늘 같은 자리에 통통한 중년 여자, 세리자와 히나코가 앉아 있었다. 세리자와 히나코는 나를 보자 자리에서 일어나 인사를 했다. 다른 손님은 없었다. 주인이 카운터석에 앉아 쓴웃음을 지어 보였다.

"선생님한테 대필을 부탁하러 왔어요."

세리자와 히나코에게는 복잡한 사연이 있었다. 그녀가 처음 결혼한 것은 갓 스무 살 때. 상대는 다섯 살 연상인 레스토랑 요리사였다. 두 사람은 은행에서 융자를 얻어 오기쿠보에 작은 레스토랑을 열었다. 그리고 얼마 안 있어 아들이 태어났다. 아들이 두 살, 그리고 딸이 태어나던 해에 히나코는 집을 나왔다. 좋아하는 남자가 생겨 둘이 도망친 것이다. 일 년 후에 이혼이 성립되었고, 그녀는 친권을 포기하고 새 남자를 선택했다. 그리고 두 번 다시 아이들과 만나지 않겠다는 각서를 전남편과 교환했다.

그리고 25년이란 세월이 지났다. 히나코는 두 번째 남편과 몇 년 전에 이혼했다. 둘 사이에 아이는 없었다. 그리고 지금 그녀는 기치조오지에서 작은 잡화점을 하고 있다.

"오기쿠보 레스토랑은 아직도 그대로랍니다. 그 사람은 결혼도 안하고, 남자 혼자 아이 둘을 키웠지요. 어미인 나는 아이들을 버렸는데. 후회가 더 크지요. 이제 와서 후회해봐야 아무 소용 없는 일이지만."

여자는 결코 눈물을 보이지 않았다. 담담한 어조로 지금까지 살아온 날들을 이야기했다.

"이제 와서 염치없이 어미랍시고 돌아갈 수는 없지요. 그 정도는 알고 있다오. 아들과 딸이 나를 용서해주리라고는 생각지도 않고. 또 그런 편지를 써달라는 것도 아니에요. 단지."

히나코는 이미 식어버린 커피로 목을 적셨다. 주인이 심각한 얼굴로 귀를 기울이고 있다.

"아들 코오스케가 결혼을 한답디다. 예전에 오기쿠보에서 살았을 때 내 친구가 우리 친정으로 연락을 했더군요. 한참을 고민했지만, 적어도 축하한다는 한마디만이라도 해주고 싶어서요. 혼자서 끙끙 고민하고 있을 때, 그때 선생님이 나타난 겁니다. 어쩌면 하느님이 도와주신 건지도 모른단 생각이 들었죠. 그래서 요 며칠 곰곰이 생각해봤지만, 역시 대필을 부탁드려야겠다고 이렇게 찾아온 겁니다."

그랬었군요, 알겠습니다 하고 나는 대답했다. 세리자와 히나코는 자신이 걸어온 긴 시간들을 이야기하기 시작했다. 첫 남편과의 만남, 그리고 오기쿠보에서 레스토랑을 열게 된 경위. 당시의 생활과 갈등. 불안, 불만, 정신상태. 부부사이. 새 남자와의 만남. 마음의 동요, 고민과 번민, 결단. 이혼, 재혼 후의 생활, 헤어진 아이들에 대한 생각. 이 반세기의 참회. 후회와 슬픔 등. 이 긴 이야기 속에 대필할 편지의 힌트가 있을 것 같았다.

"길에서 아이 손을 잡고 가는 엄마들 모습을 보죠, 그때가 가장 괴로웠다오. 공원에서 아이와 놀고 있는 엄마를 보죠, 난 항상 눈을 돌리고 말았어요. 교차로에서 아이와 부모가 함께 있는 모습을 보면 난 도망치듯 다른 길로 돌아갔어요. 그렇게 모든 걸 버리고 새 남자를 택했는데, 결국 그 사람은 내 곁을 떠나더군요."

세리자와 히나코는 결코 울지 않았다. 오히려 미소를 지으며 마지막으로 불쑥 중얼거렸다.

"그렇지만요, 죽을 생각은 하지 않았어요. 그게 바로 나라오."


~코오스케에게

이제 와서 너희들에게 용서를 빌 생각은 없단다. 이 편지도 마지막까지 읽어줄 거라고는 생각하지 않고. 하지만, 네가 결혼한다는 이야기를 전해 듣고 그냥 있을 수만은 없었다.

　너희 두 사람을 버린 여자에게 축복 같은 건 받고 싶지 않겠지. 이렇게 뻔뻔한 사람을 어미로 두어, 너희들은 분명 많이 힘들었을 거라 생각한다. 용서를 빈다고 용서될 일이 아니니, 나는 사죄 않기로 하마.

　나는 내가 생각한 대로 살아왔다. 그것 때문에 후회한 적은 없다. 난 그런 사람이야. 단지, 너희들 코오스케와 미카가 어떻게 살고 있는지 상상하며, 괴로워했다. 후회하지는 않았지만, 괴로웠다. 후회는 하지 않더라도 내 인생을 참회하고 싶은 밤도 있었다. 그 괴로움은 지금도 마찬가지다. 하지만 나는 내가 한번 정한 삶의 방법을 부정하지는 않았다. 너희들을 버리고 다른 남자와 새로운 인생을 시작할 때도, 나는 스스로를 굳게 믿었다. 나는 솔직하게 내 인생을 스스로 결정한 것뿐이라고 내게 말했다.

　너희들을 남겨두고 집을 나온 다음, 나는 멀리 떨어진 곳에서 새 남자와 살기 시작했다. 매일 즐거웠지만, 몸부림치며 괴로워도 했다. 미카는 갓 태어난 다음이라 걱정이 더 했다. 내 가슴에서는 젖이 저절로 배어 나왔다. 하얀 눈물 같은 젖이. 그때마다 나는 머릿속이 까맣게 되어 움직일 수가 없었다.

하지만 난 내 인생을 선택했다. 많은 사람들에게 비난도 받았다. 결국 새 남자와도 헤어져 지금은 혼자가 되었지. 그래도 나는 후회하지 않는다. 헤어질 때는 그럴 만한 어쩔 수 없는 사정이 있었다. 너희들을 두고 집을 나왔을 때도 역시 여러 사정이 있었다. 간단히 말하면, 사랑이지. 사랑이 사라지고, 또 새로 시작된 것뿐이었다. 보통 여자들이라면 그런 마음을 참고 억눌러가며, 가정을 지키기 위해 노력하겠지만, 나는 그렇게 할 수 없었다. 그래서 나는 가족을 버리고 새로운 사랑을 선택했다.

새 남자가 다른 여자를 사랑해 내 곁을 갑자기 떠났을 때도, 이건 내가 선택한 인생이니까 어쩔 수 없는 거라 납득하고 원망하지는 않았다.

지금은 혼자서 기치조오지에서 살며 잡화점을 경영하고 있다. 너희 외에는 아이들도 없고, 사랑 때문에 갈등할 필요도 없는 날들이지. 단지, 불시에 가슴이 아파질 뿐. 참으로 어리석구나 하고 생각할 뿐이다.

특히 아이들과 함께 가는 가족을 보거나, 텔레비전에서 가족을 노래하는 광고 같은 걸 보면, 눈길을 돌리고 만다. 25년 동안 나는 눈길을 돌리며 살아왔다. 그래서 일에 몰두하고, 저녁에는 아이들이 절대 오지 않는 술집을 전전하며 쓸쓸함을 달랜다.

그래, 양지 같은 곳은 피해서 살아왔다. 양지는 여기저기 널려 있지. 가게 처마에도 있고, 남의 집 창가에도 있다. 주택가 골목이나 공원, 역 앞, 버스 정거장, 슈퍼마켓 주차장 등 어딜 가나.

양지에서는 아련한 행복이 하늘거리고 있다. 시간은 정체되어 있지. 따뜻하고 한가로운 행복한 장소다. 햇볕이 찬란히 내리쬐어, 그곳만이 드러나 부풀어 있는 장소, 거기가 양지란다. 아기 울음소리가 들려올 것 같은, 넉넉한 시간이 흐르는 곳. 그런 곳에 발을 잘못 디디면, 코오스케와 미카 생각을 하고 만다. 나는 큰 소리를 내며 뒤로 물러나, 때로는 엉덩방아를 찧고 황망히 발걸음을 돌려 도망칠 때도 있었다.

지금도 그 쓰라림은 이어지고 있다. 가능한 한 사람들과도 만나지 않고 살아가려고 노력했다. 그래서 누군가와 친해지기 전에, 먼저 사람들을 피하게 되지. 그런 의미에서 사람들과는 늘 초면처럼 지낸다. 모르는 술집에서 하룻저녁의 흥겨운 떠들썩함. 그러고는 두 번 다시 그곳엔 가지 않아. 단골손님이 되지 않으려고 하는 거지. 내가 지금까지 살아온 인생을 미주알고주알 물어오는 게 견딜 수가 없어서.

하지만 그렇다고 후회하고 있지는 않다. 나는 솔직히 한 남자가 좋아졌고, 그때는 너희 아버지를 사랑할 수 없는 상태였기 때문에 어쩔 수가 없었다. 이제 남은 인생에 또 사랑하는 남자가 나타난다면, 나는 이 나이에도 사랑을 위해 살게 될 거다. 단 한 번의 인생이니 나는 누구에게도 부끄러울 것 없이 내 인생에 솔직할 것이다.

자기밖에 생각지 못한다고 해도 어쩔 수가 없구나. 그렇다고 이런 내 삶이 바뀔 수는 없다. 이것이 너희들을 낳은 여자의 정체구나.

자기 생각을 관철하기 위해 나는 인생의 반을 적으로 만들고, 햇살에게도 미움을 받아 기꺼이 그늘만을 찾아 살아왔다. 후회하지 않는다고 스스로에게 말하면서도, 한편으로는 너희들의 인생에 헤아리기 어려울 정도로 사죄하는 마음으로 살아왔다. 미안하다. 용서받지 못할 줄 알면서도 나는 매일 참회를 한다.

후회는 하지 않는데 매일 참회한다는 건 정말 기묘한 인생이다. 하지만 세상에는 그런 인생도 있는 거란다.

코오스케가 결혼한다는 소문을 남을 통해 들었을 때, 내 안에 얼마간 남아 있던 어미로서의 마음에 불이 붙었다. 그렇다고 천연스레 가볼 만큼 뻔뻔하지는 않다. 단지 멀리서나마 네가 행복하기를 기도할 뿐이다. 자식을 버린 어미가 축복할 권리가 있는지는 모르겠다. 단지 달리 아무것도 할 수 없는 나는, 신앙심도 없으면서 오로지 기도할 뿐이다.

갓 태어난 아기를 버린 여자지만, 너희들을 잊은 적은 한 번도 없었다. 내가 행복했던 때에도 순간순간 너희들을 생각했었다. 후회는 하지 않는다고 스스로 다짐하면서도 죄의식 속에서 살았다.

매일 술집 카운터 한 쪽에 앉아, 나는 내 기억 속에 잠든 너희들 얼굴을 떠올리며 고개를 떨어뜨린다. 그 괴로움을 달래는 술은 나를 이해해주는 유일한 존재고 결코 배반하지 않는 친구이기도 하다. 술이 취하면 이노가시라 공원 호수 주변을 노래를 부르며 걷는다. 하지만 절대 울지는 않아. 내가 우는 건 너희들에게 실례잖니. 참기 어려울 정도로 슬플 때는 달을 올려다보고 너희 얼굴을 떠올리며 잘 자라고 인사를 한다. 그런 일과가 벌써 25년이나 됐구나.

너희 아버지는 정말 훌륭하기도 하지. 혼자서 너희들을 키워냈으니. 남자가 혼자서 아이들을 키우는 것이 다른 사람들에게는 이해하기 힘든 시절이었는데도. 나는 그 사람의 그런 다정함에

끌려 결혼을 했고, 그런 그 사람의 강인함을 따라갈 수가 없어 다른 남자에게 도망을 쳤는지 모르겠다. 완벽한 사람이었지. 무슨 일을 하든 나무랄 데가 없는 완벽한 남편. 그곳에서 도망쳐 불완전하고 겉모습만 다정한 남자에게 속아 끝내는 버림받은 내 인생이 너무도 시시하구나. 후회는 하지 않는다고 편지 첫머리에 선언한 것은, 만약 내가 인생을 후회한다고 하면 분명 내게는 남는 것이 아무것도 없기 때문이겠지.

　코오스케와 미카는 어떤 어른으로 자랐을까. 코오스케는 어떤 신부와 만났을까. 미카는 분명 아리따운 아가씨가 되어 있겠지. 그리고 훌륭한 어른으로 자랐을 너희를 상상하며 나는 살고 있다. 이렇게 사는 것으로 나는 너희들에게 속죄한다.

　이처럼 제멋대로인 여자에게서 온 편지를 마지막까지 읽어줘 거듭 고맙구나. 두 사람이 행복하길, 내가 살아 있는 동안 기도하게 해주렴. 코오스케 결혼 축하한다. 네 행복을 마치 내 행복처럼 기뻐하는 무례를 용서해주길.

〜세리자와 히나코

# 러브레터를 권함 7

…한 사람 한 사람에게 맞는 단 하나의 열쇠가 필요하다. 이것이 연애편지의 철칙이다.

러 브 레 터 를   권 함

 사랑으로 고민하는 사람들에게 러브레터만큼 든든하고 훌륭한 도구는 없다. 상대에게 마음을 전하고 싶은 사람은 연애편지에 의지하는 것이 좋을 것이다. 하지만 어떻게 러브레터를 쓰면 좋을지 모르는 사람도 적지 않다. 평소에 편지를 자주 쓰지 않은 탓에 이런 훌륭한 도구를 제대로 활용하지 못한다는 건 정말이지 안타까운 일이다.
 편지에는 마법의 힘이 숨어 있어 제대로 그 힘을 활용할 수만 있다면, 마음은 몇 배나 아름답게 미화되어 상대에게 전해진다. 느낌이 좋은 연애편지라면 받은 쪽은 보내는 이의 이미지를 좋은 쪽으로 키워갈 수 있을 것이고, 또 보내는 사람이 자신의 용모에 자신이 없다 할지라도 상대는 이를 좋은 쪽으로 오해해 줄 것이다.

　인간은 누구나 그 안에 멋진 무언가를 가지고 있다. 그 무언가를 글로 제대로 표현할 수 있다면 러브레터는 괴로운 마음을 대변하는 가장 듬직한 원군이 된다.

　고등학교 시절, 내 친구 중에 말수가 적은데다 무슨 일이든 귀찮아하는 귀차니스트 녀석이 있었다. 여학생들은 이 친구를 매력없는 남자라고 단정했다. 하지만 사실은 그렇지도 않았다. 감수성이 남보다 훨씬 풍부한데다 나름대로의 미의식을 가지고 있었으며, 무엇보다 남자다웠고 선량했다.

　어느 날, 그 친구가 옆반 여학생에게 고백을 하고 싶은데 어떻게 하면 좋을지 몰라 괴롭다고 털어놓았다. 뭘 감추겠는가, 친구가 반한 여학생은 우리학교의 마돈나, 모든 남학생들에게 선망의 대상이었다. 승부는 처음부터 확실했다. 하지만 친구는 진심이었다. 고백 하기도 전에 포기하고 싶지는 않다고 그가 말했다. 나는 강직한 이 친구의 마음을 걸고 해보기로 했다.

　러브레터에서 가장 중요한 것은 시점(視點)일 것이다. 우선은 여성 진에서 봤을 때 별 볼일 없는 남자의 문제점을 분석하는 일부터 시작해야 한다. 이 친구의 단점은 패션 감각이 없는 것과 성격이 어두운 점 등 열거하려면 한이 없었다. 하지만 친구들 사이의 평판은 결코 나쁘지 않았다. 이를테면 친구를 배반하지 않는다, 정이 많다, 신뢰감이 있다, 예술가 기질이 있다, 쓸데없는 말을 하지 않는다 등등. 요컨대 견해의 차이다. 보는 각도에 따라 사람이 전혀 다르게 보일 수도 있는 것이다.

 약점을 장점으로 변화시킬 수는 없는지 생각해봤다. 받는 사람의 상상력을 좋은 방향으로 자극시킬 수는 없을까. 연애편지를 어떻게 쓰느냐에 따라 세련되지 못한 이 친구도 믿음직하고 다정한 남자로 이미지가 바뀔 수 있을 터였다. 거기에 시적인 요소가 가미된다면 더더욱 좋다. 시적 정서로 상대의 마음을 자극하는 것이다. 혹은 비극적인 요소 같은 것도 때론 스파이스로 유효하다. 밀려왔다 밀려가는 파도 같은 인간의 사소한 번민을 그려야 할 것이다. 그렇게 하는 것이 인간미 있는 매력적인 남성상을 만들어낼 수 있는 것이다. 그리고 마지막으로 정 가운데에 낙천적인 순수함을 두는 것이다. 소년의 마음이라 부를 영원한 빛을, 가능하면 상대가 눈치 채지 못하도록 자연스럽게 배치시킨다……. 이것 봐, 이건 프랑스 요리의 레시피가 아니라고. 이대로 쓰다간 연애편지가 아니라 비극적인 소설이 태어나겠다!

농담은 여기까지. 내가 대필한 편지가 마돈나에게 전해지는 데 모든 남학생들의 시선이 집중되었다. 그들은 웃었다. 이런 방법으로 저 자존심 강한 마돈나가 걸려들 리 없다고.

하지만 결과는. 그 다음주, 모든 남학생은 내 친구와 마돈나 손을 잡고 다정히 교문을 나서는 것을 목격하게 된다.

이것이야말로 러브레터의 위력이다. 편지의 마술. 마돈나는 내가 쓴 편지로 내 친구의 장점을 발견한 것이다. 두 사람은 2년 정도 교제하다 헤어졌지만, 친구는 여자에 대해 자신을 갖게 되었고 편지를 대필한 나는 작가로서의 가능성을 발견하게 된 것이다.

당연히 내게는 러브레터를 써달라는 의뢰가 쇄도했다. 당시 나는 연애할 틈도 없을 정도로 친구들의 연애편지를 써주었는데, 수취인 중에는 내가 남 몰래 호감을 가지고 있던 여학생도 있었으니, 정말 나만큼 사람 좋은 녀석도 없을 게다.

기치조오지에서 대필가를 하고 있을 무렵, 가장 자신있던 것은 연애편지였다. 연애편지는 올바른 쓰기법이라든지 매뉴얼 같은 것이 존재하지 않는다. 때문에 여기에 소개한 편지를 그대로 옮겨 쓴다 해도 소용없는 일이다. 사람은 마음속에 몇 개나 되는 열쇠구멍을 가지고 있어 그 모든 문을 열고 들어갈 수 있는 필살의 문구 같은 건 존재하지 않는다. 더군다나 스페어 키 같은 건 있을 수 없다.

한 사람 한 사람에게 맞는 단 하나의 열쇠가 필요하다. 이것이 연애편지의 철칙이다.


신도 미와코 집은 이노가시라 공원 역과 기치조오지 역의 꼭 한가운데에 있었다. 건널목에서 공원 쪽으로 나 있는 골목을 들어가 막다른 곳, 잎이 무성한 큰 나무가 집을 덮고 있는 조용한 곳이다. 집 바로 앞이 그대로 공원부지다.

길 맞은편에 타카하시 켄야 집이 있었다. 두 사람은 동갑내기로 어렸을 때부터 친구다. 남매처럼 자란 시기도 있었고, 같은 학교에 다녔던 적도 있었다. 그 후, 대학을 졸업한 미와코는 일류 증권회사에 취직했고, 켄야는 기치조오지 외곽에서 자동차 판매소를 시작했다. 미와코는 켄야를 어렸을 때부터 케니야라고 불렀다. 켄야는 미와코를 미와치라 불렀다.

미와코는 철이 들 무렵부터 쭉 켄야를 좋아했다. 레오나르도의 언제나 같은 자리에서 담담하게 그 마음을 이야기하는 미와코의 목소리가 때때로 떨려, 정말이지 오랫동안 그녀가 그를 생각해온 긴 시간들을 말해주었다.

한편 켄야는 미와코의 마음을 전혀 눈치 채지 못하고 있으며, 시원시원한 성격에 인기가 많아 그의 곁에는 늘 예쁜 여자친구가 있었다. 동네에서 미와코는 몇 번이나 애인과 다정하게 걸어가는 켄야를 목격했다.

켄야가 누구와 사귀는지, 반상회 회람판처럼 늘 정보가 돌았다. 모두에게 좋은 청년이라고 인정받는 켄야는 그 동네 스타였다. 켄야가 사귀는 여자친구는 모두 미와코가 아는 사람이었다. 미와코가 대학에 다니는 동안 켄야가 사귄 사람은 미와코와 고등학교 때 친한 친구였다.

나는 일단 상대가 어떤 사람인지를 알아둘 필요가 있었다. 연애편지의 철칙에 따라.

그가 경영하는 수입차 판매소는 이노가시라 거리에서 한 블록 공원 쪽으로 들어간 곳으로 차고를 개조한 듯한 작은 가게였다.

안에는 소형차가 두 대 진열되어 있을 뿐이었다. 그 밖에 건물 뒤의 자그마한 공간에는 폐차 직전의 차가 서너 대 방치되어 있었다. 손을 본 다음 팔려는 걸까.

가게 안을 들여다보니 키가 훤칠한 청년이 웃는 얼굴로 나를 맞이했다. 나는 차를 보러왔다고 거짓말을 했다. 상당히 인상 좋은 청년으로 한눈에도 인기가 있어 보였다.

"어떤 차를 찾으시는지요?"

켄야가 내게 명함을 건네며 물었다.

"싫증이 나지 않고, 그리고 고장 없는 게 좋겠는데."

내 말에 켄야가 미소를 지었다.

"디자인은요?"

"별로 중요하지 않아요."

"스피드를 내는 차가 좋으신가요?"

"아니요, 안전운전에 적합한 차가 좋죠."

그가 웃는다. 기도를 하듯 손을 모은 다음 손끝을 입술에 가볍게 대고 미간에 주름을 잡고 잠시 생각하다 환한 얼굴로 말한다.

"그럼 아우디가 어떨까요?"

"독일차라, 나쁘지 않군요. 하지만 가격이 어떻죠?"

"좀 비싸기는 하지만 오래 가기 때문에 길게 보시면 이득일 겁니다."

청년이 부드럽게 웃어 보인다.

"저희는 병행수입 전문점이라 여기에는 차가 없습니다. 주문을 하시게 되면 물건을 찾아 선편으로 보내오게 되고, 통관수속 등도 있고 해서 몇 달은 걸릴 텐데 기다리실 수 있습니까?"

"정규로 사는 거랑 얼마나 다르죠?"

그는 어깨를 들썩여 보이더니, 조금 쌉니다 하고 말했다.

"조금이라. 시간이 너무 많이 걸리는데다 그리 싸지도 않다면 잘 팔려요?"

단도직입적으로 물어보았다. 그가 만면에 미소를 지으며 머리 뒤를 긁었다.

"그런 걱정을 해주시는 손님은 처음입니다."

구김살 없는 경쾌한 웃음소리가 울려 퍼졌다. 나쁜 인상이라고는 찾아볼 수 없었다.

"이 르노는 어떠세요? 프랑스 차지만 전 좋아합니다."

"부서지지 않나요?"

"이 녀석은 괜찮아요. 제가 보장하죠. 그리고 이 녀석, 푸조도 좋습니다. 소형이지만 아주 단단하죠."

"프랑스 차를 좋아하나요?"

"글쎄요, 물건에 따라 다릅니다. 뭐든 물건에 따라 다르죠. 좋은 건 좋고 나쁜 건 나쁘고. 그리고 여기서만 하는 이야긴데, 차는 기름으로 달리는 게 아니라 기합으로 움직이는 겁니다."

"기합으로?"

"네, 시동을 걸기 전에, 달려라 하고 주문을 외우면 잘 달리죠."

그가 말한 뒤 웃었다. 나도 함께 웃었다. 그가 농담을 한 거라 생각했다.

청년이 커피를 타주었다. 제대로 된 에스프레소 기계가 있었다. 레오나르도 커피보다도 맛있다. 그렇군, 왠지 이 남자의 성격을 알 수 있을 것 같은걸.

"저랑 취미가 맞을 것 같군요."

내 말에 청년은 다행이라 기뻐하며 덧붙였다.

"또 들러주십시오. 손님이 기뻐하실 만한 차를 언젠가 찾아 보이겠습니다."

그는 직접 만든 팸플릿을 마치 배턴을 이어주듯 내밀었다.

"한 달에 몇 대나 팔리죠?"

팸플릿을 받으며 물었다.

"한 달? 일 년이 아니구요?"

그는 내내 미소가 끊이질 않았다. 가게를 나오면서 나는 그를 돌아보며 좀 엉뚱한 질문이지만 하고 말을 꺼냈다.

"여자를 차에 비유한다면 어떤 타입이 좋죠?"

켄야가 갑자기 미소를 지우며 어려운 질문인데요, 하며 곤란한 얼굴을 했다. 그러면서도,

"고급차 같은 게 아니라, 그냥 멋진 차."

하고 덧붙였다. 순간 나는 방법을 정했다.

그는 분명히 애인을 찾는 중이라고 했다. 그러니까 지금은 없는 상태인 것이다. 이건 커다란 수확이다.

그리고 이 남자에게는 변화구로 승부해서는 안 되겠다고 생각했다. 자연스럽게 그렇지만 솔직히 마음을 전하는 편지가 좋을 것이다. 켄야 옆에서 미소짓고 있는 신도 미와코를 상상해보았다. 음, 꽤 괜찮은걸. 나도 모르게 미소가 번진다.

예를 들면, 내가 받아서 기쁠 그런 러브레터를 써보자. 그리고 이번에는 신도 미와코가 직접 편지지에 옮기게 하자. 자기 글로

고쳐 쓰는 것이 좋겠다. 나는 연애편지의 초안을 작성하는 데 전력을 기울이도록 한다. 이번에는 그것이 좋을 것 같다.

우선 흉내를 내고 싶어도 그녀의 글씨를 흉내내는 건 불가능에 가깝다. 켄야에 대한 마음을 더듬더듬 이야기하며 떨던 미와코의 목소리를 떠올렸다. 그리고 미와코가 쓰는 글씨는 떨리는 목소리에 지지 않을 만큼 떨리고 있었다. 가끔은 흉내낼 수 없는 글씨도 있는 법이다.


✑다카하시 켄야 님


작은 길을 겨우 사이에 두고 살면서 이렇게 편지로 내 마음을 전한다는 건 좀 이상한 느낌이 듭니다. 하지만 그 작은 길이 내게는 커다란 강처럼 항상 내 앞을 가로막고 있어, 결국 오늘까지 한 번도 건너지 못하고 있습니다. 무엇을 이렇게도 두려워하고 무엇을 이렇게 주저하며 무엇을 이렇게 부끄러워하며 살아왔는지. 걸어서 겨우 열 발자국 떨어진 길을 건너는 데 23년이나 걸리고 말았습니다. 그래서 초인종을 누르지 않고 마음에 우표를 붙여

우체통에 넣기로 합니다.

바로 코앞에 살고 있는데 생활리듬이 달라서인지, 만날 수 없을 때는 오랫동안 얼굴도 보지 못했습니다. 가끔 집 앞에서 우연히 마주치면, 모르는 동네에서 우연히 재회한 것처럼 늘 놀라웠습니다.

나는 항상 강 건너 쪽을 바라보며 성장했습니다. 어렸을 때, 우린 한 가족처럼 서로의 집을 오갔었는데. 하지만 어느 날부턴가 갑자기 그럴 수가 없게 되었습니다. 강의 물이 불어나고 흐름이 빨라진 탓에. 분명 사춘기란 우기에 접어들었던 거겠죠.

중학교 때는 케니야가 등교하는 시간에 맞춰 집을 나서려고 했습니다. 그래서 난 현관문을 열어놓고, 정면에 있는 당신 집을 바라보며 가능한 한 천천히 신발을 신었습니다. 30분이나 구두끈을 묶는 척해서 엄마가 수상히 여긴 적도 있지요. 고등학교 3학년 가을에는 2층에 있는 케니야 방의 불빛을 바라보며 입시공부를 했습니다. 당신 그림자가 얇은 커튼 너머로 흔들릴 때마다 난 공부를 중단했습니다. 대학에 들어간 무렵, 지붕 위에서 낮잠을 자는 케니야를 자주 볼 수 있었습니다. 키 큰 나무 밑에서 나뭇잎 사이로 새어드는 햇빛을 받으며 휘파람을 부는 당신이 눈부셨습니다.

당신은 바로 거기에 있는데 다른 나라에 있는 사람처럼 멀기만 했습니다. 케니야 탓이 아니라 내 탓이란 건 압니다. 내게 용기가 있거나 조금만 더 재치가 있었다면, 자연스럽게 당신과 마주할 수 있었을 테고 자연스럽게 이야기 나눌 수 있었을 테니까. 그렇잖아요, 겨우 열 발자국밖에 안 되는 길인걸.

하지만 마음만이 더해져 언제부턴지 당신은 손에 닿지 않는 신화 속의 사람이 되고 말았습니다. 눈을 부릅뜨고 열심히 찾지 않으면 바라볼 수도 없는 머나먼 곳의 별이 되고 말았습니다.

내 첫 키스는 태어난 지 4개월이 된 어느 봄날, 한 달 먼저 태어난 케니야와입니다. 아빠에게 안긴 나와 마찬가지로 아버님께 안긴 당신이 어른들의 장난으로 길 한가운데서 억지로 입을 맞추게 된 것입니다. 그때 사진을 보여주려고 중학교 때 집 앞에서 당신이 오기를 쭉 기다린 적이 있습니다. 하지만 결국 보이지는 못했습니다. 달려 집으로 돌아온 케니야는 문 앞에서 꼼짝도 못하고 서 있는 내게 손을 흔들었을 뿐. 말 붙일 타이밍 같은 것도 없었습니다. 울면 안 된다고 스스로를 타일렀지만 눈물이 나 어쩔 수가 없었습니다. 되돌아보면, 내 23년은 늘 이런 일들의 되풀이입니다.

사회에 나온 다음에도 나는 늘 당신을 생각해왔지만, 동시에 이젠 꿈꾸지 말자는 생각을 갖게 되었습니다. 너무 길었던 것이지요, 23년이란 시간이. 여기에 또 하나의 강이 있습니다. 시간이란 커다란 강이. 정말 너무도 잔혹한 강폭이군요.

케니야에게는 늘 예쁜 여자친구가 있었고, 그 중에는 고등학교 시절 미인으로 유명했던 동창생도 있어, 그 친구에게는 도저히 이길 수 없다고 거울을 보며 늘 스스로를 타일렀습니다.

갑작스럽지만, 최근에 결혼하자는 제의를 받았습니다. 제게 잘해주시는 회사 선배에게. 많이 고민했습니다. 내게는 과분한 사람이었습니다. 하지만, 도저히 도저히 케니야를 포기할 수 없었습니다. 운명을 믿고 싶단 생각을 하게 되었습니다. 그래서 나는 조금만 더 믿어보기로 했습니다.

선배에게 교제를 거절한 날, 나는 당신에게 내 마음을 고백해야겠다고 처음으로 마음먹었습니다. 23년 동안이나 간직해온 마음을 지금이야말로 고백해야겠다고…….

신화 속의 사람이여. 부디 이 땅으로 내려와주세요. 그리고 이 강을 다시 온화하고 부드러운 강으로 돌려주세요. 내가 언제나

가볍게 당신 곁으로 건너갈 수 있는, 햇살이 눈부신 작은 강으로 돌려주세요.

↳ 신도 미와코

## 여든여덟의 내가 8

…노여움이 애정이란 걸 내게 가르쳐준 건 기억입니다. 그리고 시간입니다.

여든여덟의 내가

 대필한 편지는 의뢰인 손에 전달되기 전에 반드시 몇 번이고 소리 내어 읽어본다. 미샤가 듣는 역할을 할 때가 많다. 편지를 다 읽은 다음에는 미샤에게 어때 하고 물어본다. 그러면 미샤는 먀(야옹) 하고 대답한다. 묘(妙)라고 들릴 때도 있고, 뭐 그렇지라고 들릴 때도 있다.

 정말이지 다양한 사람들에게 편지 의뢰를 받았다. 편지쓰기 예문집 같은 걸 요구하는 의뢰인도 적지 않았다. 딱딱한 편지가 될 텐데요, 마음이 전해지기 쉽지 않을 텐데 그래도 괜찮습니까 하고 설득을 해도, 괜찮다며 오히려 격식 있는 것이 좋다는 사람들이 많았다.

그런 사람들에게는 첫머리에 '일익 건승하심을' 하는 식의 고풍스러운 글귀를 써주면 대부분 기뻐했다. 그렇게 하는 것이 예를 갖춘 편지라는 고정관념을 가지고 있는 사람들도 적지 않았다.

 나로서는 일이기 때문에 요구하면 거기에 따를 수밖에 없다. 정말 딱딱하군 하는 생각을 하면서도 때로는 그런 편지를 양산해냈다. 물론 미샤의 반응도 떨떠름해 보였다. 고양이도 알 수 있는 이 편지들은 형식일변도였음에 틀림없다.

 그런 딱딱한 편지 대필과는 반대로 깜짝 놀랄 뜻밖의 의뢰도 있었다.

 예를 들면 해외여행을 떠나는 여성이 자신을 대신해 자기가 본 그곳의 멋진 모습을 일본에 있는 친구들에게 전해달라고 하는 것 등. 의뢰인에게 몇 번이고 말씀하신 뜻을 모르겠다고 되물을 정도로 기묘한 부탁이었다.

 의뢰인은 내가 대필한 엽서를 가지고 외국에 나가 일본으로 보내는 것이다. 그러니까 의뢰인이 출국하기 전에 나는 그 사람이 보았을, 아니 보게 될 세계를 상상해 엽서에 적는 것이다. 가본 적도 없는 스페인에 대해 나는 서른 통이나 되는 엽서를 대필한 경험이 있다.

나를 찾아오는 사람들은 하나같이 지쳐 있었고, 고민에 빠져 있었으며 금방이라도 죽을 것 같은 얼굴을 한 사람들이 대부분이었다. 그렇게 되면 나는 대필가라기보다는 마치 인생 상담원 같았다. 내게 의뢰할 내용을 설명하면서 화를 내거나 우는 사람은 얼마든지 있었다.

어느 날, 얼마 전 미수(米壽)를 맞이했다는 노파가 나를 찾아왔다. 그녀는 '이별을 위한 편지'를 써달라고 했다. 누구와 헤어지기 위한 편지인지 묻자, 그녀는 내뱉듯이 남편이요 하고 대답했다.
"바깥어른께선 지금 연세가 어떻게 되시는지."
내가 다시 묻자 노파가 대답했다.
"이제 만 90이에요."
"그렇게 오랫동안 함께 사셨는데 지금 와서 헤어지실 것까지야 있겠습니까."

나는 가능한 부드러운 목소리로 노파의 얼굴을 들여다보며 설득했다. 그러자 그녀는 코웃음을 치며 더 이상 참을 수 없다고 했다. 더 이상 하루라도 함께 있을 수가 없다고 강한 어조로 잘라 말했다. 카운터 안에 있던 주인이 이쪽을 돌아보았다. 나는 어깨를 들썩여 보였다.

"65년이나 나는 그 사람의 응석을 받아주며 살았어요. 하지만 더 이상 그 사람 때문에 인생을 낭비할 수는 없다오. 인간으로서 그 정도의 자유는 인정받아도 되지 않겠어요? 아니면 선생은 여든여덟이나 된 노인한테는 자유 같은 건 아무 상관 없다고 하실 생각이오?"

나는 그런 뜻으로 한 말이 아니라고 부정했다.

"난 65년이나 그 사람을 위해 살았어요. 하지만 그 사람은 나를 위해 살아주지 않았어요. 무슨 일이건 나한테만 의지하고 내가 없으면 아무것도 할 수 없는 주제에 나를 마치 종처럼 대해왔어요. 잘난 척하고 오만한데다 사람을 사람같이 생각지도 않는 그런 사람에게 더 이상 봉사할 생각이 없단 말이에요. 그러니까 그걸 딱 잘라 전할 수 있는 편지를 써달라고 부탁하러 왔단 말이에요."

나는 노파의 박력에 압도되어 나도 모르게 고개를 끄덕이고 말았다.

"그렇게 지독한 남편인데 어째서 65년이란 긴 세월 동안 견디며 살아오셨습니까? 실례된 말씀인지 모르지만, 손님의 그 노여움은 마치 결혼 10년 정도 된 주부가 참다 참다 못 참겠다고 화를 폭발하는 모습 같습니다. 65년이나 부부로 함께 사신 분이 내는 것처럼 보이지 않는단 말이죠. 왜 갑자기 헤어져야겠다는 생각이 드신 거죠?"

"요즘 들어 기억난 게 있단 말이오."

그녀는 나이를 짐작치 못할 정도의 정확한 어조로 말했다. 얼굴색도 나쁘지 않았다. 등도 그다지 굽지 않았고 입고 있는 옷도 젊은 사람들이 즐겨 입는 색이다.

"결혼하고 얼마 안 됐을 때, 나는 남편한테 모욕당한 적이 있어요."

그러셨군요 하고 나는 다음 이야기를 기다렸다.

"그 사람은 내가 음식을 제대로 못하는 걸 가지고, 양갓집 규수지만 응석받이로 자랐으니까, 하고 웃었어요."

그녀는 동의를 구하는 듯한 강한 시선으로 나를 노려보았다.

나는 노파의 다음 이야기를 기다렸지만 이야기가 없다.

"그래서요? 그걸 이유로 지금 와서 헤어지신다는 건 아니지요?"

선생, 하고 그녀는 입을 뾰족이 내밀었다.

"그 이상의 이유가 필요한가요?"

"응석받이로 자랐다는 말은 분명 모욕적일 수 있지만, 60년이나 지난 이야기 아닙니까? 그걸 가지고 이제 와서 이혼하신다는 건, 저로서는 납득이 가지 않습니다."

그녀는 눈을 크게 뜨고 나를 노려보았다.

"내가 65년 간 참고 견디며 그 사람을 위해 살아온 것을, 선생은 평가하지 않는다는 건가요?"

"그럴 리가요. 분명히 상상을 초월하는 고생이었다고 생각합니다. 하지만 그것이 제게는 와 닿지가 않는다는 이야기지요. 대필을 하려면 정말 그렇구나, 그런 대접을 받고도 오늘까지 용케 참아오셨구나 하고 제가 수긍할 수 있는 뭔가 강력한 이유가 있어야 한다는 겁니다. 뭔가 강한 동기가 없으면 할머니를 옹호하는 그런 편지를 쓸 수가 없습니다. 젊은 시절에 놀림을 당했다 하더라도 실제로 65년 간이나 아내로 살아오셨고, 그 65년이란 시간은 상당한 무게가 있는 거니까요."

그녀는 잠시 눈을 감더니 이야기를 시작했다.

"바람을 피운 적이 있어요."

나는 긴장하며 고개를 끄덕였다.

"만주사변이 일어나기 직전이었는데, 딱 한 번 요시와라에 있는 유곽에서 놀다가 왔어요. 어딜 갔다 왔냐고 따졌더니 자백을 합디다. 울었지요. 하지만 이혼은 하지 않았어요. 군인이었던 남편이 위험한 전장을 돌아다니던 시기여서 나는 불평을 할 수가 없었다오. 하지만 65년이나 지나니 생각도 바뀝디다. 전장에 나가기 전에 어째서 다른 여자와 그런 짓을 해야 하는 겁니까? 잘못하면 죽을지도 모르는데, 그런데 그런 중요한 때에 다른 여자를 끌어안을 수 있는 겁니까?"

나는 한숨을 쉬며 그건 너무했군요 하며 동의했다.

"그 사실을 남편께 추궁하신 적이 있습니까?"

"남편이 자백을 했을 때도, 그 이후에도 나는 추궁하지 않았어요. 사람은 의외로 행동으로 옮기는 일이 쉽지 않아요. 선생은 남자니까 내가 하는 말을 이해하지 못할지도 모르지만, 그럴 때 여자는 자기한테 매력이 없는 게 잘못 아닌가 하고 생각하게 되죠. 그리고 그것에 평생 연연하며 사는 것이 여자라오. 시간이 지날 수록 더욱 그 일에 관한 의미를 알게 되지……. 점점 알게 된다고. 30년 전쯤에도 난 그 일로 이혼을 생각했었어요. 40년 전에도 마찬가지였고. 하지만 결국 그러질 못했어요. 선생이 말하는 것처럼 지금까지 참아왔으니 용서하자고 생각한 거지요. 하지만 65년이나 지나면 생각도 변하는 거라오. 이 사람의 오만한 생각과 편견에 한없이 화가 나는 겁니다. 이젠 더 이상 어떻게 할 도리가 없어요. 참아왔던 세월의 반동이라 할 수 있지요."

그녀는 손수건을 꺼내 눈가에 고인 눈물을 닦았다.

"막연하게 알 수는 있을 것 같습니다만, 아니 그래도 아직 잘 모르겠습니다. 역시 반세기나 훨씬 전의 일이 아닙니까? 게다가 미지의 전쟁터로 떠나기 직전의 불안한 시기였습니다. 남편께서는 친구들의 권유를 거절하지 못했을지도 모르지 않습니까? 아니, 그렇더라도 해서는 안 될 일이었다고 생각합니다. 저라면 절대로 그러지 않았을 겁니다. 하지만 당시의 그 분위기 속에 있어 보지 않으면 단정할 수는 없는 일이죠. 혹은 그러지 않을 수 없는 뭔가가 있었을지도 모르지 않습니까?"

"그야 그렇지만."

그녀가 내뱉듯 말했다.

"남편께서는 무례하게 대하거나 하지 않습니까? 예를 들어 폭력을 휘두른다던가 술버릇이 나쁘다던가. 손님이 이혼을 생각하실 정도로 중대한 문제가 그 밖에도 있는 건 아닌지……."

"남편은 다정한 사람이에요. 하지만 그 다정함이란 그저 표면적인 거예요. 남 앞에서는 정말 좋은 사람이에요. 사람들 앞에선 신사죠. 그래서 이웃 사람들은 날 부러워해요. 하지만 집 안에서는 전혀 사람이 달라요. 좋은 사람이긴 하지만, 거의 말이 없어요. 항상 아무 말 없이 텔레비전만 보고 있죠. 정말 재미라고는 없는 사람이에요. 난 그 사람에게 모욕을 당한 다음, 죽어라고 요리를 배웠지만 그 사람은 단 한 번도 맛있다는 말을 해준 적이 없어요. 내가 이런 말을 하는 건 좀 그렇지만, 음식이 맛이 없진 않아요. 20대 후반에 요리학원을 다녔는데 그것도 꽤 알려진 일본 음식 선생님 밑에서 전수를 받았어요. 서른다섯에서 마흔다섯까지 10년 동안은 니시오기쿠보에서 작은 음식점을 한 적도 있구요. 손님이 끊인 적이 없었고 모두가 입을 모아 맛있다 맛있다 칭찬을 해줬어요. 그런데도 그 사람은 한 번도 맛있단 말을 한 적이 없어요. 정말이지 이상한 일 아니우? 헤어지고 싶단 동기로 충분하지 않나요?"

그녀는 노여움으로 눈초리가 치켜올라가 있었다. 나는 대답할 말이 없어 곤란했다. 그리고 어떻게 이 이야기를 거절할지 고민하고 있었다.

"하지만 그렇다 하더라도 65년이란 시간을 함께 살아오시지 않았습니까? 이런 말씀을 드려야 할지 고민스럽습니다만, 남편께서는 90이나 되셨습니다. 남은 시간이 그리 길지는 않지요. 미래가 얼마든지 남아 있다고는 하기 어렵지 않습니까? 여태까지 애써 오셨으니, 이제 아무도 이루지 못한 사랑의 기록을 세우시는, 두 분만이 나눌 수 있는 행복을 손에 넣어보시는 건 어떻겠습니까. 그 순간 노여움이 다른 것으로 변화될지도 모르지 않습니까?"

노파가 코웃음을 쳤다.

"남은 시간이 얼마 남지 않았으니까 더더욱 시각을 유예할 수가 없는 거라오, 선생. 그리고 살 날이 얼마 남지 않은 건 나도 마찬가지지요. 그 사람의 오만함이 앞으로 나아질 거라고는 생각할 수도 없고. 그런데 이런 소중한 시간을 점점 잃고 있단 말입니다. 나는 지금 당장 인생을 다시 시작하고 싶어요. 이미 미수에 와 있지만 나한테는 아직 시간이 있고 인생은 마지막까지 모르는 거니까. 지금까지 실컷 고민해왔으니 더 이상 고민하고 싶지도 않아요. 내 인생을 되돌리고 싶어요. 선생, 그게 그리 나쁜 일인가요?"

또 하나, 내가 도저히 알 수 없는 건 이렇게 박력 있는데 이 노인은 어째서 지금까지 행동에 옮기지 않았을까 하는 것이었다. 왜 여든여덟이나 된 지금 이혼을 해야 하는지, 도저히 알 수가 없었다.

"지금부터 혼자되시면 외롭지 않겠습니까?"

그녀는 턱을 당겨 삼백안이 된 눈으로 나를 바라보았다.

"남편께서도 외롭지 않겠습니까? 아흔 살에 아내에게 버림받게 됐으니."

그녀가 나를 노려보았다.

"그렇게 생각해보면 헤어지시지 않는 게 좋을 것 같습니다만."

"나보고 마지막까지 평생을 의미 없이 보내란 말이군요."

"아니오, 그런 뜻이 아닙니다. 참고 사시란 뜻도 아닙니다. 단지 새삼 이혼이니 결혼이니 하는 그런 문제도 아닌 것 같다는 것뿐입니다. 두 분 모두 앞으로 10년 후면 한 세기를 사시는 게 됩니다. 그렇게 사신 분들이 그 정도의 일로 서로 으르렁대시는 게 좀 어린아이 같단 생각이 들어서요."

"여든여덟이나 된 사람한테 어린아이 같다니, 정말이지 실례되는 말을 하는구려."

나는 얼른 죄송하다고 사과했다.

"하지만 그만큼 이해하기 어렵다는 뜻입니다."

"내 입장에서 생각해보면 알 수 있는 일이에요."

나는 쓴웃음을 지어 보였다. 여기서 뭔가 지혜를 짜내야 할 필요가 있다.

"냉정히 생각해보면 시간이 남아 있건 없건, 죄송합니다, 별 뜻은 아닙니다만, 남아 있는 시간에 관계없이 사람에게는 그 나름대로의 일생이 있습니다. 그렇게 생각하면 여든여덟 살과 아흔 살 부부가 결혼 65년 만에 이혼을 한다는 것도 이해할 수는 있습니다. 아니 그렇지요, 그런 일도 있을 수 있습니다."

나는 작전을 바꾸기로 했다.

"알겠습니다. 써보지요." 그녀는 잠시 내 얼굴을 들여다보고는 고개를 끄덕였다. 맙소사, 나는 속으로 중얼거린다.

"그럼, 지금까지 살아오신 65년 간의 추억을 제게 전부 말씀해주세요."

노파가 미간에 주름을 지어 보였다.

"65년 간의 생활이라고요?"

"당연히 그렇지요. 65년 간 살아오신 기억을 제가 모두 이해하지 않으면, 도저히 편지를 쓸 수가 없지요. 지금 들려주신 이야기만으로는 무리입니다. 왜냐하면 거기에는 65년이란 역사가 담겨 있지 않기 때문입니다. 적당히 쓴다면 대필해서 쓴 것을 들키고 맙니다. 할머니의 마음을 남편께 확실히 전하고 그걸 받아들이게 하기 위해서는 우선 제가 이 65년이란 역사를 음미할 필요가 있습니다. 그런 후에 그 중에서 적당한 이유를 찾아 남편께는 물론이고 의뢰인께서도 납득할 수 있는 그런 편지를 써야 합니다. 그게 성의있는 편지 아닐까요? 무슨 뜻인지 아시겠죠?"

그녀가 고개를 끄덕였다. 그리고 조금 망설이다 그녀는 이야기를 시작했다.

처음 만났을 때부터 오늘까지의 일을, 아이들과 첫 손자가 태어났을 때의 일, 은혼식, 그 밖의 셀 수 없을 정도의 추억, 그녀 속에서 잠자고 있던 기억들을 이야기하기 시작했다. 금실 좋게 지내던 때의 기억이 압도적으로 많았다. 나는 그때마다 멋진 추억이군요 하며 맞장구를 쳤다. 그때마다 노파는 화제를 바꾸었지만, 실제로는 슬픈 기억보다 즐겁고 멋진 행복한 기억이 더 많았다.

대강의 이야기를 듣는데도 일주일이 걸렸다. 65년이나 된 부부의 기억이니 어쩔 수가 없다. 그녀는 매일 오후에 레오나르도에 와서 추억을 이야기했다. 장볼 시간이 가까워지면, 그 뒷이야기는 내일 다시 하기로 하죠 하며 자리를 떴다.

그리고 일주일 후, 미수 축하연 이야기를 마지막으로 그녀의 이야기가 끝났다. 그녀는 고개를 숙이고 뭔가를 생각하고 있었다. 긴 침묵. 노파는 소중한 것들을 거의 모두 잊고 있었다. 아니, 잊고 지내던 예전의 추억을 모두 기억해내고 만 것이다. 때문에 그녀는 조금 곤혹스러워했다.

"왜 그러시죠?"

작전이 성공했음을 알 수 있었다.

"아니, 아무것도 아니에요."

그녀가 말했다.

"그럼 편지를 써보겠습니다. 성공 보수로 하지요."

노파는 낚아 올린 물고기 같은 얼굴을 하고 나를 보았다.

"성공 보수라니?"

"그러니까 만약 이혼이 성립되지 않으면 보수는 필요 없습니다."

노파는 무슨 말을 하려다 그것을 삼키고는 자리에서 일어났다.

작게 머리를 숙인 다음 그곳을 떠났다.

 약속한 날, 그녀가 다시 나타났다. 그리고 내 앞에 앉았다. 나는 봉투를 노파 앞에 내밀었다. 노파가 편지를 가만히 바라보았다. 손을 뻗어 편지를 집을 생각은 하지 않았다. 단지 가만히 봉투에 적힌 남편 이름을 바라보았다. 태어나 처음으로 이혼신청서를 보는 것 같은 놀랍고 곤혹스러운 표정으로.

 "왜 그러시죠?"

 노파는 당황하며 고개를 가로저었지만 양손은 무릎에 그대로 얹혀 있다.

 "저기."

 노파가 말했다. 나는 아무 말도 하지 않았다.

 "그 뒤에 이런저런 생각을 해보고……, 그러니까, 이 편지 말인데요, 남편한테는 보내지 말아야겠단 생각이 들어서."

 그러세요, 하며 나는 부드럽게 고개를 끄덕였다.

 "선생한테 그 사람 이야기를 전부 털어놓았더니 속이 후련해지더이다."

 나는 아무 말 않고 노파의 말에 귀를 기울이기로 했다.

 "뭐라 이야기를 해야 할까. 그러니까 마음이 바뀌었어요. 잠깐 잊어버리고 있었던 게 있던 모양입니다. 이런 저런 생각을 해보니, 처음에 선생이 말한 대로 65년이란 세월이 허사는 아니었다는 거겠지요. 미안합니다. 일부러 써주셨는데 이걸 남편한테는 보낼 수가 없군요."

나는 한 번 더 고개를 끄덕였다.

"그러실 줄 알고 다른 것을 준비했습니다."

"다른 거?"

"네. 보시지요."

노파는 나를 한참 바라보더니 봉투에 손을 뻗쳤다. 그리고 안에서 하얀 편지지를 꺼내 펼쳐보았다. 노파의 시선이 편지지 위로 쏟아진다. 그리고 조금 있다 눈가에 반짝이는 빛 구슬이 생겨나 반짝반짝 안쪽으로부터 빛을 발하기 시작했다.


※아흔의 당신에게


좋았던 일 나빴던 일을 모두 합한 이 65년 간, 당신이나 나 잘도 살아왔습니다. 당신은 나와 함께 산 65년을 어떻게 느끼는지요. 세월이 화살 같다는 말이 있습니다만, 되돌아보는 것도 한 번에 할 수 없을 정도로 긴 시간을 우리는 살고 말았습니다.

나는 당신에게 하고 싶은 '고맙다'란 말과 '바보 같은 사람 같으니'가 많이 있습니다. 하지만 당신에 대한 감사와 불만을 저울에 달아보면, 꼭 맞게 균형이 잡힌다는 걸 최근에 알았습니다.

당신은 어떻습니까? 당신이 내게 고마워하리라곤 생각지 않습니다만, 그래도 이렇게 오래 살아왔으니 분명 나한테 뭔가 고마운 것도 있겠지요. 그리고 동시에 이렇게 오래 함께 살아온 탓에 말해봐야 소용없다고 깨달을 것도 많을 줄 압니다. 우리는 이른바 '척하면 통하는 사이'도 아니고, '공기와 같은 존재'도 아닙니다. '어' 하고 말한 적도 없거니와 '아' 하고 알아들은 적 없이 65년이나 두 사람이 함께 살고 말았습니다. 마치 종유동굴 천장에 매달려 있는 커다란 종유석 같은 두 사람. 참 크게도 자랐습니다.

하지만 난 갑자기 저항을 시도해보고 싶은 마음이 생겼습니다. 초월하거나 체념한 채 죽고 싶지 않았습니다. 이대로 괜찮은 건지 고민했습니다. 그리고 인생을 되돌아봤지요. 나는 인생을 후회하고 싶지 않았습니다. 그래서 확인하고 싶었습니다. 여든여덟이나 돼서 말로 하지 않으면 이해를 못한다는 것, 이건 참 힘든 일입니다. 하지만 난 말로 당신과 연결되어 있고 싶었습니다. 분명 당신은 상대도 해주지 않겠지만, 그래도 나는 저항하고 싶었습니다. 왜냐하면 그게 나란 인간의 존재 이유이기 때문입니다. 왜 그렇게도 당신이 잡히질 않고 알기 어려운지 그 이유를 알고 싶었습니다. 내 인생에 대해, 이렇게 회의할 수 있는 젊음이 남아 있다는 걸, 이 나이가 될 때까지 몰랐습니다. 하지만 당신에 대한 노여움은 분명 내게 존재했습니다. 이건 그러니까 바꿔 말하면 애정이겠지요.

노여움이 애정이란 걸 내게 가르쳐준 건 기억입니다. 그리고 시간입니다. 역사라고 해도 되겠지요. 그리고 당신입니다.

당신은 마치 언덕 위에 우뚝 서 있는 나무 같습니다. 나는 그런 당신을 넘어뜨리려 하는 바람이었습니다. 이 싸움은 보편적인 이야기를 만들어냅니다. 하지만 결론은 나무의 승리였습니다. 왜냐하면 나무는 그만큼 대지에 깊이 뿌리 내리고 있었고, 또 그만큼 유연하게 흔들어줬기 때문입니다.

내가 바람을 멈추면, 당신도 흔들리기를 그만두고 똑바로 섭니다. 우리의 본래 모습이 거기에 있습니다. 당신이 크게 흔들렸던

건 내가 거세게 불었기 때문입니다. 내가 강풍을 일으키지 않았다면 당연히 당신도 흔들리지 않았겠지요.

나는 화가 날 때마다 당신을 흔들고 그 잎을 모두 떨어뜨려 놓았습니다. 하지만 당신은 계절처럼 인생이 바뀔 때마다 금방 파란 싹을 다시 피워보였습니다.

승리나 패배란 것이 두 사람 사이에는 없습니다. 거짓 같은 감사나 그때만의 찬사는 필요 없겠지요. 분명 당신이 말씀하신 대로였습니다. 거기에 당신이 우뚝 서 있는 것 그 자체가 내게는 소중한 것이었습니다. 65년이란 세월이 걸려 그것을 알게 해준 것도 역시 당신이었습니다. 아니오, 65년이란 세월이 있었기에 나는 이제 겨우 알 수 있었는지도 모릅니다.

조금만 더 나는 당신을 흔들고 싶습니다. 나는 산들바람입니다. 부드럽게 산들거리는 바람으로 있고 싶습니다. 당신이 올해도 푸른 잎을 잔뜩 피울 것을 기대하면서.

🌱 여든여덟의 내가.

# 마음의 풍경 9

…리사, 어서 와, 라고 적혀 있었어. 나도 모르게 숨을 멈췄어.

마 음 의  풍 경

 할 말이 아무것도 없었어. 그때는 아무것도 할 말이 없었던 거야. 하지만 지금은 달라. 지금은 코오짱한테 하고 싶은 말이 너무도 많고, 해야 할 말이 내 안에서 자꾸만 넘쳐나오고 있어.

 그날, 아르바이트가 끝난 다음, 어떻게 된 일인지, 정신을 차렸을 땐 이미 신주쿠행 전철을 타고 있었어. 눈이 온 날이었지. 그리고 막차에 가까운 시간이었어. 코오엔지를 지날 무렵, 딱 한번 코오짱이 화내겠지 하는 생각이 들었지만, 하지만 왜 그랬을까, 돌아갈 생각은 들지 않았어. 잠깐 아침에 집을 나왔을 때 일을 생각해봤어. 코오짱이 웃는 얼굴로 날 배웅해준 걸. 여느 때와 같은 다정한 미소. 잘 다녀와, 미아 되면 안 된다 하고 코오짱은 말했지.

신주쿠 역에 도착했을 때는 이미 12시가 넘어 있었어. 심야영업을 하는 레스토랑이 메이지거리 쪽에 있어 우선은 거기에 들어갔어. 내가 어떻게 된 거라고 스스로를 타일러도 봤지만, 이미 어떻게 해볼 수가 없는 상태였어. 친구한테 닥치는 대로 전화를 걸다가, 갑자기 현실을 알게 되어 어찌할 바를 몰랐어. 왜 그랬을까, 다른 날과 달리 그날 저녁은 아무와도 연결이 되지 않았어. 할 수 없이 다시 자리에 돌아와 아침이 오기를 기다리기로 했어.

말을 걸어오는 사람이 많았지만, 아무도 따라가진 않았어. 나는 그냥 팔짱을 끼고 오로지 아침을 기다렸어. 여기에 있다간 잘못된다고 날 타이르면서.

먼저 말해둬야 할 건, 코오짱이 싫어진 게 아니라는 거야. 코오짱과 결혼하기가 싫어졌다거나 하는 그런 단순한 이유가 아니었어. 그냥, 약속이 많았잖아? 여러 가지 약속이. 코오짱은 기억 못할지 모르지만, 결혼뿐만 아니라 사랑에 대해서라든가, 저녁엔 바로 들어오라든가, 다른 사람을 좋아하면 안 된다든가, 맥주를 마실 때는 서로 눈을 마주 보고 마신다든가, 일주일에 한번은 외식을 하자든가 하는 숱한 약속들. 지킬 자신은 있지만 그런 걸 하나하나 기억해야 하는 게 싫었어. 아니, 하지만 그것들이 이유는 아니야. 조금 내게 거리를 두고 바라보고 싶었다고나 할까, 아니 아니야. 설명하기 어렵지만, 그렇게 말로 설명할 수 있는 그런 게 아니라, 절대로 말로는 설명할 수 없는 이유로, 설명을 하면 왠지 내 스스로가 너무도 실망하고 말 것 같은, 그러니까 뭐야, 그런 이유로 네가 집을 나갔단 말이야 하고 꾸지람을 들을 것 같은 아주 작은 것. 그러니까 분명히 확인하고 싶었던 걸 거야. 뭔가를. 이 마음은 도대체 뭘까 하는 생각으로 흔들리는 전철에 몸을 실었어.

코오짱이 화낼지도 모르지만, 처음 한 달 간은 옛날 남자친구 집에 있었어. 오해는 하지 마. 그 사람과 육체적인 관계는 없어. 하지만 그 이상의 유대감은 있어.

이상한 건 나한테는 친구가 많고, 대부분을 코오짱한테 소개시켰는데 줄리아는 비밀로 했었어. 줄리아의 진짜 이름은 사이토 마사시. 아주 여리고 섬세한 사람이라 마사시란 남자다운 이름이 싫어, 스스로를 줄리아라고 부르는 아주 이상한 녀석이야. 몸은 남자지만 마음은 여자. 왜 그 친구를 코오쨩한테 비밀로 했는지 모르겠어. 아마도 줄리아가 옛날에, 옛날이라고 하는 건 코오쨩하고 내가 사귀기 시작한 지 얼마 안 되었을 땐데, 우리 둘이 오래 가지 않을 거라고 예언을 했어. 그래서였을까, 아마 그래서 코오쨩한테 소개하지 않았을 거야. 하지만 가만히 생각해보면, 코오쨩한테 소개시키지 않은 남자친구가 몇 명 있어. 소개를 하기에는 왠지 개운치 않은 뭔가가 역시 있었어. 왜 코오쨩한테 모두를 소개하지 않았는지, 이제는 알 것 같기도 해.

　줄리아에게는 무슨 말이든 할 수가 있어. 미안해, 이런 말을 해서. 하지만 줄리아는 늘 우리와 무관한데다, 차별을 당하는 쪽이고, 조금 사이킥하다고 해야 할까, 하여간 밀고 당기는 관계가 아니어서, 그래서 무슨 말이든 할 수가 있어. 하지만 그게 아주 좋은 게 아니란 것도 알아. 연인이나 부부가 될 수 없는 사이기도 하고. 분명 날 끌어주는 사람이긴 하지만, 평생을 함께 할 동지란 느낌은 아니니까. 그런 의미에선 코오쨩이 내겐 훨씬 중요했어. '중요重要'란 한자, 대단하지 않아? 말하고자 하는 뜻을 짐작하게 하잖아? 무거운 요소. 코오쨩은 내게 언제나 무거운 요소였어. 좋은 의미로든 나쁜 의미로든.

그렇다고 내가 갑자기 소식을 끊은 게 그것 때문은 아니야. 그것 때문에 집에 들어가지 않은 게 아니야. 코오짱이 중요해서, 그 무게를 견디지 못해서가 아니야. 그 이유는 정말이지 나도 모르겠어. 언뜻 정신이 들고보니 바다를 향해 보트를 젓고 있었던 것. 단지 그것뿐이야.

 코오짱과는 3년을 함께 살았지. 그 시간만큼의 약속도 있었고. 처음 만났을 때는 아무런 약속도 없었는데 3년이 지나니 정말 엄청났어. 헌법도 만들 수 있을 정도로 두 사람 사이에는 여러 법들이 만들어져 하나의 나라 같았어. 그 연장선에 결혼이 있고 가족이 있는 거겠지.

 줄리아한테 가 있던 한 달 동안에도 나와 줄리아 사이에는 몇 가지 약속이 만들어졌어. 예를 들면 욕조를 먼저 사용한 사람이 반드시 욕조를 닦는다든가, 일찍 일어난 사람이 아침을 준비한다든가, 먼저 발견한 사람이 쓰레기를 치운다든가 하는. 꽤 느슨한 약속들이긴 했지만, 그건 그것대로 성가신 일이었어. 살아 있으니 어쩔 수 없는 일이겠지? 병원에 입원해도 규율이 있을 테고, 죽지 않는 이상 인간에게 약속은 떠날 날이 없겠지.

한동안 줄리아 집에서 빈둥거리고 있었는데, 한 달쯤 됐을 무렵, 줄리아한테 적당히 좀 하라고 혼이 났어. 그래서 도심에 있는 클럽에서 일을 하게 되었어. 그곳의 규칙은 훨씬 더 꼼꼼해서, 하룻밤에 싫어지고 말았어. 손님이 다리를 만지길래 싸움을 하고 그대로 뛰쳐나와버렸어. 거기 마담이 줄리아한테 일러바친다고 큰소리를 치길래 무서워 줄리아 집에도 못 들어가고 하룻밤을 사우나에서 보냈지.

오키나와에 가게 된 동기는 사우나 오락실에서 우연히 오키나와를 무대로 한 영화를 보게 돼서. 영화는 재미없었지만 경치는 최고였어. 저런 세상도 있구나 하고 마음이 흔들렸어. 비행기 티켓은 편도 살 돈밖에 없었지만, 어떻게든 되겠지 하고는 일어나자마자 바로 공항으로 갔어.

하지만 도착한 나하시(市)는 생각보다 도회지인데다 너무 더웠어. 내가 찾는 건 아무것도 없었지. 국제거리라는 북적거리는 거리를 왔다 갔다 해봤지만 한 시간도 안 돼 금방 지겨워졌어. 밤이 돼 더 이상 갈 데도 없고 돈도 떨어져 어떻게 해야 할지 몰라 길가에 주저앉아 있는데, 내 또래 남자가 말을 걸어왔어. 보기에는 좀 노는 애 같았어. 하지만 웃는 얼굴이 거짓 없어 보여 금방 털어놓고 말았지. 뭐하고 있냐길래 돈도 떨어지고 아는 사람도 없어 어떻게 해야 할지 모르겠다고 솔직히 말했더니, 그럼 우리 집으로 가자는 거야. 금방 결론이 났지.

달리 할 일도 없었고 정말 어떻게 해야 할지 몰랐기 때문에 따라가기로 했어. 헬멧도 안 쓴 채, 그 사람 오토바이 뒤에 타고 어디로 데려가는지도 모른 채. 도대체 나한테 그런 용기가 어디에 있었는지, 나도 놀랐어.

오토바이가 나하시를 벗어날 무렵, 왠지 갑자기 눈물이 나고, 그리고 비로소 코오짱 생각이 나 기치조오지로 돌아가고 싶었어. 국도를 빠져나와 바닷가를 끼고 달린 다음, 엄청나게 큰 나무로 둘러싸인 동네에 도착하자 그 사람은 겨우 속도를 줄이고, 다 왔다고 큰 소리로 말했어.

갑자기 현실적으로 돼, 어디 알지도 못하는 나라 같은 데로 팔려가는 건 아닐까 하고 무서워졌어. 당황해 주변을 둘러보았지만 어두워 어떤 곳인지도 몰랐어. 남자 집에는 가족이 있었는데 졸린 얼굴로 나온 그 사람 엄마가 나를 노려보았지만 아무 말도 하지 않았어. 쫓겨나지는 않았지만 환영하는 것 같지도 않았지. 나는 도둑고양이처럼 그 사람 뒤에 숨어 어찌할 바를 몰랐어.

그 사람이 뒤쪽 방으로 데려가더니 거기서 자라고 했어. 이름을 물어봤더니 히루마라고 했어. 그게 이름인 줄 알았는데, 나중에 성이라는 걸 알았어. 내가 히루마 군 하고 불렀더니 그 사람은 환하게 웃었어.

사람 소리가 나서 잠을 깼어. 코오짱하고 다투는 꿈을 꾸고 있었는데. 꿈인지 현실인지 몰라 멍하니 있었더니 히루마 군이 얼굴을 내밀었어. 전날 밤에는 몰랐는데 방을 나오니 바로 바다가 보였는데 그 파란색에 너무 놀랐어. 히루마 군이 식구들한테 나를 자기 애인이라고 해뒀는데 상관없지 하고 물었어. 어머니가 나보고 몇 살이냐고 사투리로 물으셨어. 스물셋이라고 대답했더니 어머니는 아무 말도 하지 않았어. 히루마 군한테는 어린 남동생과 여동생이 있어 나는 그 아이들과 놀았어.

아침을 먹고 히루마 군이 어떻게 할 거냐고 물었어. 어떻게 할까 하고 내가 말했더니, 일할 생각은 있냐고 묻길래 그렇다고 했지. 그럼 여기서 일하면 되겠네 하고 그가 말했어. 히루마 군 집은 민박을 하고 있었어. 손님은 별로 없었지만 여름에는 꽤 많은 모양이야. 어머니는 말수가 없지만 좋은 분이여서 잔소리 한마디 들은 적이 없어. 난 어머니가 바쁠 때는 아이들을 보살피거나 쌀을 씻고, 빨래나 청소를 하기고 했고, 조금 익숙해진 다음에는 손님들 이불을 깔기도 했어.

 지켜야 할 것들이 너무 많아 힘들었어. 아침은 이른데다 밤은 밤대로 늦게까지 일이 많았어. 하지만 장소 때문일까, 힘들다고 느낀 적은 없어. 내 페이스에 맞춰 일할 수 있었고 힘들면 바다를 보면서 쉬었어. 쉰다고 잔소리 들은 적도 없었고. 그리고 밥맛이 좋아 하루 세끼를 꼬박꼬박 챙겨 먹었어.

 히루마 군은 나하시에 있는 서핑숍에서 일하기 때문에 아침에 나가면 저녁에나 들어왔어. 가끔은 아침에 나갔다 아침에 들어오는 일도 있었지만. 무척 재미있는 사람이었는데 항상 농담만 했지. 그리고 가끔은 나보고 자기한테 시집오라고 했는데, 그러니까 그게 농담인지 진담인지 알 수가 없었어. 나도 웃으며 얼버무리면 그걸로 끝. 나중에는 히루마 군보다도 어머니나 동생들하고 사이가 좋아져 마치 가족처럼 지내게 되자, 이대로 여기 있으면 정말 히루마 군의 아내가 되고 말겠다는 생각이 들었어.

 삼 개월 정도 지났을 때, 이곳에 더 있으면 완전히 정착하게 되는 게 아닌가 싶어 갑자기 걱정이 됐어. 그대로 정착하는 것도 나쁘진 않겠다고 잠깐 흔들리기도 했는데, 그때 머리 한 쪽에서 코오짱이 나타났어. 어둠속에서 빛을 비추는 것처럼.

코오짱이 조금씩 내 안에서 자연스러워지기 시작했어. 좀 이상한 이야기지만, 그러니까 음악 하는 사람들이 흔히 있는 그대로 자연스러운 것을 목표로 한다는 인터뷰를 하잖아. 솔직히 무슨 말인지 전혀 몰랐었어. 하지만 조금이지만 이제 알 수 있을 것 같아. 자연스럽다는 건 그 말을 좇을 때는 자연스러운 것과 전혀 동떨어져 있다는 거야. 자연스럽다는 건 목표로 하는 것이 아니라, 되돌아보니 그렇다고 실감할 수 있는 것, 그러니까 자연스러운 걸 목표로 한다고 입으로 말하는 아티스트는 자신없어 하는 거란 것도 알았어. 그런 사람 음반은 이제 사지 말아야지.

오키나와에서 지내는 동안 코오짱을 의식하지 않고 생각할 수 있게 되었어. 머리와 마음을 식혔기 때문일까. 왠지 자연스러운 느낌. 새삼스럽지만 이제 겨우 내 페이스로 코오짱에 대해 생각할 수 있게 되었어. 그게 다야.

월급이란 명목으로 돈을 받은 다음날, 히루마 군이 일을 나간 후에 나는 가족들에게 작별을 고했어. 히루마 군에게는 편지를 남겼어. 정말 고마웠어. 언젠가 또 홀연히 놀러 올게 하고.

동생들은 눈물을 보였어. 어머니는 너희들 결혼하는 거 아니었니 하고 물었지. 난 죄송하다고 사과했고. 어머니는 아무 말도 않고 고개를 숙이셨어. 조금 미련이 남긴 했지만, 나는 망설이지 않고 출발했어.

나하시로 가 조그만 비행기를 타고 일본 최남단에 있는 섬 요나구니로 갔어. 이왕 여기까지 왔으니 가장 끝에 있는 섬을 보고 도쿄로 가려고. 섬의 남쪽 끝, 니시자키라는 곳의 전망대에서 희미하게 대만이 보였어. 안내해준 택시기사 아저씨가 가리키는 곳을 보고 감동했어. 대만이 보여. 정말이야. 알고 있었어? 일본에서 외국이 보인다고. 일본은 이렇게도 넓은 곳이었구나, 처음으로 그렇게 크다는 걸 알았어.

코오쨩과 만나지 않은 지 넉 달이 더 됐었지. 3년이나 매일 함께 있었는데 이렇게 못 보고 지내는 거 역시 이상한 느낌이 들었어. 그리고 코오쨩한테도 보여주고 싶단 생각이 들었어.

기치조오지도 여기도 같은 일본이라는 것이 생각해보면 너무도 신기하기만 해. 백 킬로 정도 떨어진 곳에 대만이 있어. 도쿄보다 대만이 더 가깝다니, 세상은 재미있지?

　그날은 쿠부라라는 곳에 있는 민박집에서 묵었어. 민박집 손님들은 모두 장기체류중인 사람들뿐이었는데, 저녁엔 식당이 금방 술자리가 됐어.

　여자 혼자 여행을 하니 다들 이런저런 궁금한 것들이 많았는지, 그날 밤은 완전히 술안주가 되고 말았어. 숙박객은 나 말고 두 팀이 더 있었는데, 민박집 사람들도 함께 마시다보니 이래저래 열 명은 되는 사람이 좁은 식당에 모여 신나게 떠들어대 나도 오랜만에 취했어.

　그렇지만 나는 할 말이 아무것도 없어서, 물어보는 말에 대답만 했어. 내 쪽에서 뭘 이야기한다든지 전달한다든지 혹은 적극적으로 나서는 건 못하는 것 같아. 인간으로서 미숙한 탓이겠지. 내 의견이 없다는 걸 그날 처음 알았어. 코오짱과 함께 있었을 때 나는 대체 무슨 얘길 했을까?

　두 팀 중 한 쪽은 결혼한 지 20년된 부부였어. 그리고 또 한 쪽은 사진작가로 그곳에 혼자 와 있다고 했어. 그 사진작가는 민박집 사람들과 가족처럼 지내고 있었는데 내가 처음 봤을 때도 부엌에서 음식을 만들고 있었어. 옛날에는 요리사였었대. 누군가

배가 고프다고 하면 그 사람은 아무 말 없이 주방에 들어가. 키가 크고 새까만데다 머리는 부스스하고 웃으면 눈가에 큰 주름이 생겨.

쿠도 씨―미안해, 가명이야―란 이 사람이 나를 마음에 들어해서 함께 이리오모테 섬에 가게 되었어. 쿠도 씨는 오키나와에 관한 거라면 뭐든 다 알아. 오키나와 여기저기에 있는 섬들을 몇 년 동안이나 사진에 담고 있다고 했어.

나는 그 사람 모델이 되는 거야. 모델이라고는 해도 경치처럼 그냥 서 있기만 하면 된다고 해서 그러기로 했어. 갈 곳도 없었고 달리 하고 싶은 것도 없었으니까.

하지만 그것만은 아니야. 조금 고백을 하자면, 나도 그 사람 좋아했어. 분위기나 말하는 거, 살아가는 모습 그런, 좀 애매한 것들이지만.

쿠도 씨와는 계속 한 방에서 자게 되었지만, 양심에 꺼릴 만한 일은 아무것도 없었어. 뭘 가지고 양심에 꺼린다고 하는지는 모르겠지만, 어쨌든 난잡한 관계는 한 번도 없었어. 그 사람은 신사였고, 매일 밤 이불과 이불 사이에 카메라를 놓고는 이 카메라에 맹세코 이상한 짓은 안 하겠습니다 하고 자는 거야. 그러니까 나도 안심하고 쿨쿨 코까지 골면서 잠잤어. 그러면서도 왠지 쿠도 씨가 좋아지는 것 같았어. 미안해, 3년 동안 나는 한 번도 다른 사람은 좋아한 적이 없어. 코오짱만 좋아했어. 그런데 니시오모테 섬을 여행하는 동안 나는 그렇지 않았어.

망그로부 나무가 좌우로 무성한 히나이 강을 카누를 타고 올라갔어. 아단이라고 하는 나무나 환상적인 양치류가 무성한 정글 속을 걸어 피나이사라 폭포에 도착했을 때는 옷이 다 젖을 정도로 땀을 흘렸어. 쿠도 씨가 촬영을 하는 동안 나는 커다란 바위 위에 누워 피로를 풀었어. 새 소리, 폭포 소리, 바람 소리, 자연의 소리들이 내 마음을 감싸안았어. 공기가 너무나 진했어. 열심히 그 공기를 마시고 내뱉으며 내 안에 있는 더러운 뭔가를 뱉어내려 했어.

진한 공기 안에 나는 떠 있었어. 그런 경험은 처음이었는데, 그건 분명 쿠도 씨 힘이겠지. 그 사람은 분명 태어나면서부터 자연 그대로일 거야. 쿠도 씨와 여행을 함으로써 나는 내 안에 있던 무게를 줄일 수가 있었어.

니시오모테 섬 동쪽 끝인 미하라 앞바다에 주위 2.5킬로의 유부지마란 섬이 있는데 썰물 때는 물소가 끄는 수레를 타고 그곳을 건너. 섬과 섬 사이의 바다 5백 미터 정도를.

 10센티 정도되는 여울을 지붕 달린 앙증맞은 물소차를 타고 가는 거야. 얼마나 한가로운지. 시간이란 게 거기엔 없어. 나하시에서도 요나구니에서도 느끼지 못했던 새털 위에 있는 듯한 조용한 순간의 연속. 사공은 아니지만, 물소를 모는 남자가 그 지방 노래를 불러줬어.

 실은 시간 같은 건 존재하지 않는 거라고 쿠도 씨가 말했어. 시간이 흐른다고 사람들은 말하지만, 흐르는 건 사람이고, 시간은 언제나 이렇게 멈춰 있는 거라고. 자신은 그 시간을 그저 물을 긷듯 사진기로 퍼올리는 것뿐이라고. 이야기를 들으면서 난 점점 어딘가로 떨어져 갔어. 이 경험이 뭔지에 대해 생각했어. 기치조오지의 부티크에서 일하던 땐 결코 얻을 수 없었던 경험.

 별 모양의 모래가 있는 것으로 알려진 모래사장의 캠프장에서 우리는 여름을 보냈어. 여전히 나와 쿠도 씨 사이에는 카메라가 놓여 있었어. 하지만 육체적인 관계가 없다 한들 그게 무슨 의미가 있을까. 결혼을 한들 그건 또 무슨 의미가 있을까. 난 내가 그 무엇에도 지배당하지 않은 한 사람의 인간임을 새삼스럽게 깨달았어.

어느 날, 난 쿠도 씨에게 코오짱 이야기를 했어. 아무 말도 않고 네 앞에서 모습을 감춘 것도. 쿠도 씨는 고개를 끄덕이며 들어주었어. 하지만 그것뿐. 설교 같은 건 하지 않았어. 그저 바다를 바라보다 해가 지자, 그 사람은 노래를 불렀어.

그날 밤, 쿠도 씨는 자기 이야기를 했어. 사랑했던 아내와 늘 이렇게 함께 캠프를 치고 오키나와 각지를 돌며 사진을 찍었던 일. 사진을 찍을 때, 항상 곁에는 아내가 있었대. 니시오모테 섬에는 특별히 추억이 많다는 이야기도. 나를 데려간 피나이사라 폭포나 유후 섬, 별 모래 모래사장 같은 데도 쿠도 씨는 분명 아내를 몇 번이나 데리고 갔겠지.

하지만 아내는 사고로 갑자기 죽었다고 해. 내가 코오짱 앞에서 홀연히 모습을 감춘 것처럼. 그 이야기를 들으면서 나는 코오짱이 얼마나 날 걱정했을지 그제야 깨달았어. 나는 쿠도 씨에게 물어봤어. 외롭지 않았느냐고. 그랬더니 쿠도 씨는 미소를 지으며 울었어. 남자가, 그렇게 강해 보이는 사람이 갑자기 눈물을 보여, 내가 너무 쓸데없는 걸 물어봤다고 반성했어.

그날 밤, 나는 쿠도 씨 손을 잡고 잠을 잤어. 그가 울음을 멈출 때까지 그 손을 놓지 않았어. 그리고 다음 날, 나는 코오짱을 만나러 가야겠다고 마음먹었지. 집에 돌아가는 게 아니라 만나러 가자고 결심한 거야. 대등하게 마주 보고 이야기하고 싶었어. 지금의 나라면 뭔가 열심히 이야기할 수 있지 않을까 하는 생각이 든 거야.

쿠도 씨와 헤어져 나는 도쿄로 향했어. 계절은 이미 가을이 되어 있었지. 하지만 하네다 공항에 도착했을 때, 나는 불안해 어쩔 줄 몰랐어. 코오짱이 다른 사람과 함께 살고 있지는 않은지, 혹은 기치조오지에서 이사를 가버린 건 아닌가 하고.

기치조오지 역에 내려 우리가 함께 살던 아파트로 갔어. 어느 날 집을 나왔을 때와 마찬가지로 기치조오지는 아무것도 변한 게 없었어. 그런데 내겐 뭔가 달라 보였어. 그게 뭔지는 몰라. 같은 풍경인데도 나한테는 다른 동네에 와 있는 것 같은, 신선한 뭔가가 느껴졌어.

익숙한 길을 따라 아파트까지 갔지. 공원 바로 옆 주택가에 있는 우리가 함께 살던 아파트가 보였어. 아무것도 변한 게 없었어. 우체통에 적힌 이름을 확인했어. 다행이야, 코오짱이 아직 살고 있었어.

그때 내 안에서 바람이 일었어. 이대로 아무 일도 없었다는 얼굴로 코오짱을 만나도 되는 건지 하고. 설사 코오짱이 나를 기다려줬다 하더라도 일에서 돌아온 듯한 가벼운 마음으로 문을 노크하는 건 마음에 걸렸어. 그건 내가 바라던 것이 아니야. 난 그런 이유로 집을 나갔던 게 아니야.

나는 그 길로 공원 근처에 있는 부동산으로 가 방을 구했어. 줄리아에게 전화를 걸어 그전까지의 일을 이야기한 다음 보증인이 돼달라고 했어. 줄리아는 전화를 끊기 전에 한마디 덧붙였지. 바보, 하고. 그날은 줄리아 집에서 신세를 지고, 다음 주부터 나는 다시 기치조오지 사람이 되었어. 구인광고를 보고 찾은 선술집에서 아르바이트를 하고 일이 끝나면 코오짱 집을 들여다보러 가는 것이 일과였어.

어느 날, 코오짱이 회사에 간 다음, 나는 오랜만에 집 안으로 들어가봤어. 가지고 있던 열쇠로 문을 열었지. 가슴이 두근거려 마치 도둑이 된 것 같았어. 집 안은 아무것도 변한 게 없었어. 마치 타임머신을 타고 그날 아침으로 돌아간 것처럼.

깨끗이 청소돼 있었어. 어질러져 있을 거라 생각했기 때문에 조금 놀랐어. 누가 청소하러 오는 건 아닌가 하는 생각도 들었어. 둘이 함께 살던 때가 더 지저분했으니까. 난 청소를 안 했었고 코오짱은 늘 잔소리를 했지.

 마루엔 쓰레기 하나 없었고, 부엌도 깨끗했어. 침대도 베드 메이킹된 호텔 침대처럼 정돈돼 있었고. 냄새를 맡아보았어. 여자 냄새 같은 거. 하지만 그런 건 찾을 수 없었어.

 옷장을 열어보았어. 예전 그대로 반은 코오짱 거고, 반은 내 거. 다행이었어, 내 옷이 있어서. 기억에 색채가 입혀지는 것 같은 느낌이었어. 내 옷을 살펴보았지. 늘 입었던 옷을 두 벌 정도 옷장에서 빌려갔어. 내 건데도 마치 훔쳐가는 것 같더라.

 집을 나오다 얼핏 식탁이 눈에 들어왔어. 찻주전자 옆에 종이가 놓여 있었어. 〈리사, 어서 와〉라고 적혀 있었어. 나도 모르게 숨을 멈췄어. 코오짱이 알고 있었던 건 아닌가 싶어 놀라 주변을 둘러보고 말았어. 하지만 그게 아니었어. 종이는 이미 노랗게 색이 바래 시간이 지났음을 말하고 있었어. 내가 집을 나간 직후에 쓴 거겠지.

 음식 쓰레기 냄새가 나기에 그것을 밖에 있는 쓰레기통에 버리고 내 집으로 돌아왔어. 그날은 가슴이 아파 아무것도 없는 좁은 방에서 혼자 엉엉 울었어.

 코오짱은 내가 돌아오기를 기다리고 있었던 거야. 그래도 난 아직 돌아갈 수가 없었어. 아직 내 자신과 이야기가 끝나지 않았기 때문이야. 제대로 이야기를 해두고 싶었어. 이런 저런 것들에 대해.

어느 일요일 기분 좋은 오후, 방의 창문이 열린 채였어. 코오짱이 혼자 밥을 먹고 있었어. 우물우물 밥을 먹는 코오짱 옆모습을 전신주에 몸을 숨기고 바라보았어. 코오짱이 공원을 산책하는 모습을 목격한 적도 있어. 그렇게 늘 코오짱 모습을 목격했어. 왜일까. 하지만 그렇게 하는 것이 행복했어.

코오짱은 자주 편의점에서 산 도시락을 손에 들고 집으로 갔어. 오늘은 뭘 먹을까 상상하며 쭉 지켜보았지.

바로 내 앞을 코오짱이 지나간 적도 있어. 하마터면 들킬 뻔했지. 코오짱 앞으로 나서고 싶은 마음을 죽을힘을 다해 눌렀어. 코오짱은 표정 없는 얼굴로 바로 내 앞을 지나갔어. 코오짱, 난 작은 소리로 중얼거리며 널 보냈어.

가을이 지나고 겨울이 왔어. 나는 다시 몰래 집으로 가 옷장에서 겨울옷을 몇 벌 가지고 나왔어. 부엌에 있는 쓰레기도 버려두었어. 〈리사, 어서 와〉라고 적힌 종이를 손에 들고 한동안 바라보았어.

코오짱 집에서 걸어서 몇 분 거리에 있는 카페, 알아? 레오나르도란 이름의 이상한 카페. 옛날에 딱 한 번 둘이 들어간 적이 있었지. 함께 살던 때는 둘 다 그곳을 피했지. 우리는 도로 반대쪽에 있는 밝은 분위기의 카펠 다녔어. 그곳에 가면 코오짱을 만날 것 같아, 난 일부러 레오나르도를 택했어.

여전히 실내는 어둡고 손님들은 모두가 지쳐보였어. 하지만 지금의 난 여기서 진한 커피를 마시는 게 좋아. 쓴 커피를 마시며 하나같이 독특한 개성을 가진 단골손님들을 바라보는 게 일과가 됐어.

이노가시라 공원에서 혼자 보트를 타고 벤텐사마에게 소원을 빌고, 호숫가에 있는 메밀집에서 어묵을 먹고 레오나르도에서 커피를 마셔. 거기 주인에게 코오짱 일을 의논했어. 정말 좋은 아저씬데 쿠도 씨와도 조금 닮았어. 얼굴이 새까맣고 웃으면 눈가에 큰 주름이 잡혀. 주인 소개로 코오짱 집 근처 편의점에서 일을 하게 돼 선술집은 그만두었어. 코오짱이 일 끝나면 들러 도시락을 사는 곳이야. 하지만 난 코오짱이 회사에 가 있는 시간에만 일을 해. 토요일과 일요일은 쉬기로 했고. 그래서 가까이서 일을 하지만 코오짱과는 만나지 못하는 거야.

도시락을 고르는 코오짱 뒷모습을 상상해봐. 코오짱이 좋아하는 햄버거 도시락이 떨어지지 않도록 항상 넉넉히 주문을 해서 점장한테 혼이 나기도 하고. 왜 이런 주문을 하느냐길래 젊은 사람들은 햄버거를 좋아하니까 라고 대답해뒀어.

계산기를 두드리며 가끔 밖을 봐. 공원으로 향하는 사람들로 붐비는 이 거리 안에 사이 좋았던 시절의 두 사람 모습이 있어. 그렇게 생각하면 눈가가 조금 뜨거워져. 집을 나온 지 벌써 일 년 이상이 지났어.

마음에는 경계라는 게 있어서 사람들은 그곳을 들어갔다 나왔다 그리고 여행을 떠나기도 한다고 생각해. 난 마음의 국경을 몇 번이나 왔다 갔다 했고 아직도 여행을 하고 있어. 마음의 경계란 복잡하고 다양한 지형을 그리고 있어. 내가 어느 날, 집에 돌아가지 않고 여행을 떠난 건, 좀 특별한 지형을 한 마음의 풍경에 발을 디뎠기 때문이야.

그 여행은 대단히 힘들었지만, 그래도 내 나름대로 성장할 수 있었어. 집을 나간 이유는 아직도 풀리지 않은 의문이지만, 그래도 그것과는 전혀 다른 걸 깨달을 수 있었어. 내게 있어 뭐가 중요하고, 뭐가 보통이고, 뭐가 자연스러운 건지를.

미안해. 그리고 고마워.

만약 지금도 코오짱이 나를 기다려준다면, 나는 언제나 네가 도시락을 사는 편의점에서 평일 아침 10시부터 오후 4시까지 일을 하고 있어.

             🌿쿠로가네 리사

# 10
## 눈집(가마쿠라)

…너무나도 신비한 광경이었다. 사후의 세계를 가까이서 보고 있는 듯한.

*가마쿠라 축제 _ 눈으로 집을 만들어 물의 신을 모시고, 그 앞에서 불을 지피고는 새를 쫓는 노래를 부르는 일본의 축제.

눈 집

 

부모님이 시골에서 올라오셨다. 내 고향은 시골 중에도 시골, 도쿄까지는 비행기와 기차를 타고 이동해도 이래저래 거의 하루가 다 걸리는 곳이다. 새벽에 출발한 부모님이 기치조오지에 도착한 건 이미 저녁 무렵, 초로의 두 분은 몹시 지쳐 있었다.

비즈니스 호텔에 방을 잡았다. 좁은 방이 숨이 막힌다고 아버지가 불평을 하셨다. 어머니는 자살방지를 위해 5센티 정도밖에 열리지 않는 창을 가리키며 고장이 났다고 하셨다.

도쿄에 있는 호텔은 어디나 다 마찬가지라고 거짓말을 했다. 잠만 잘 건데, 상관없다고 아버지가 말했다. 어머니는 좁은 화장실을 들여다보고는 얼굴을 찌푸렸다.

디럭스 트윈이라도 잡아드리고 싶었지만 주머니 사정이 여의치 않아 편히 모시질 못했다. 하다못해 맛있는 음식이라도 대접해야지 하고 레오나르도 주인 소개로 코스로 나오는 요즘 인기 있는 요정으로 모시고 갔다.

어머니는 어디서 갖고 오셨는지 맞선 사진을 꺼내 보였다. 기가 센 여자처럼 보였다. 그만두세요, 선 같은 거 안 볼 거예요 하고 중얼거렸다. 아버지는 사진을 들여다보더니, 아깝게, 지금 이것저것 고를 입장이냐 하고 한숨을 쉬셨다.

있는 대로 불평을 늘어놓는 두 분이었지만, 음식에 대해서만은 한결같이 맛있다고 좋아하셨다. 비싼 일본 술을 마시고 두 분은 금방 취기가 올랐다. 인사하러 들어온 요정 안주인에게, 바보 같은 아들이지만 가끔은 효도도 하지요 하고 자랑을 늘어놓았다. 안주인은 상냥한 미소를 띠고, 선생님 소문은 익히 들었습니다 하며 알 수 없는 말을 했다.

분명 어느 대가와 착각을 한 것일 게다. 비슷한 이름의 유명한 작가가 있었다. 하지만 부모님은 놀라 하……, 하고 감탄을 했다. 지금은 잘못 안 채로 넘어가는 것이 좋을 것 같았다. 이것도 효도일 테니.

음식점을 나올 때, 안주인이 남편과 함께 나와 내게 부탁할 일이 있다며 머리를 숙였다. 대필 의뢰였다.

다음날, 레오나르도의 언제나 같은 자리에서 나는 요정 주인 부부와 마주 앉았다.

"실은 저희 어머니께 편지를 써주셨으면 합니다."

주인인 남편 안도 신이치로가 말했다.

"시어머니께서는 오랫동안 병석에 계시는데, 여러 합병증도 있고 해서 주치의 말이 올 겨울을 넘기기가 어려울 것 같다고 합니다……."

연세가 어떻게 되시는지요 하고 묻자 부인 안도 야스요가 일흔여덟입니다 하고 대답했다.

"몇 번이나 수술을 하셔서 완전히 기운을 잃으셨는지, 최근 일이 년 동안 갑자기 늙어버리셨어요. 어떻게든 이번 겨울은 넘기셨으면 하는데……."

남편이 고개를 숙이며 말했다.

"요즘 들어 어머니께서 갑자기 히로노부가 보고 싶다고 하세요. 그 녀석만 아직 병문안 오지 않았다며 그 아이의 건강한 얼굴을 보고 싶다고."

이번에는 부인이 남편을 대신해 이야기를 시작했다.

"저희 아들 히로노부를 어머님이 무척이나 귀여워하셨기 때문에 아들 얼굴을 보면 어머니도 분명 기운이 나실 거예요."

나는 고개를 끄덕이며 당연히 그러시겠죠 하고 대답했다. 그러자 두 사람 얼굴에 갑자기 어두운 그림자가 드리워졌다.

"작년 말, 히로노부는 사고로 죽었습니다. 겨우 열다섯 살이었죠."

남편이 숨을 죽인 듯한 목소리로 말했다. 나는 아무런 말도 할 수가 없었다. 헛기침조차 나오지 않았다. 가만히 기다렸다. 누군가 말하기를.

"대필 의뢰 말인데요, 히로노부를 대신해 저희 어머니를 위로해주실 수 없는지 의논드리러 왔습니다."

부인이 눈물을 머금은 채 말했다. 남편은 안주머니에서 죽은 아들의 사진을 꺼내 테이블 위에 놓았다. 아직 어린 티가 남아 있는 소년이었다. 고개를 들지 못하는 아내를 대신해 남편이 소년에 관한 이야기를 들려주었다. 듣고 있기 힘든 이야기였다.

"대필한 편지로 그 자리는 얼버무린다 해도 언젠가는 아실 거

아닙니까?"

그러자 두 사람은 순순히 고개를 끄덕였다. 안도 야스요가 설명한다.

"네, 그렇긴 하지요. 하지만 어머니 용태가 별로 좋지 않아 히로노부가 죽은 걸 알리면 오히려 병을 악화시키는 건 아닌지 걱정이에요. 친척들과 이야기한 결과 이번 겨울을 넘길 때까지랄까, 살아계시는 동안 어머니 앞에서는 히로노부가 살아 있는 것으로 할 순 없을까 하는 이야기를 했습니다. 힘든 거짓말이지만 히로노부를 잃고 또 그게 원인이 돼 어머니의 죽음을 앞당기게 된다면 정말 참기 힘들 것 같아요. 그래서 히로노부 편지로 어머니가 기운을 차리셔서 조금이라도 그 시기를 늦출 수만 있다면 하고 생각하게 된 겁니다."

나는 부모님을 떠올렸다. 시골에서 올라오신 두 분께 좀 더 잘해드렸어야 했는데 하는 반성과 함께.

"저희로서는 도저히 아들 글씨를 흉내내 쓸 수가 없어요. 아직도 기억들이 생생히 살아 있기 때문이겠죠. 선생님 말씀은 레오나르도 주인을 통해 많이 들었습니다. 마침 내일이라도 찾아뵙자고 남편과 이야기를 하던 참이었어요. 어떠신지요? 저희 부탁을 들어주실 수 있으신지요?"

나는 천천히 한숨을 내쉬고는, 죄송합니다만, 하고 의뢰를 거절했다. 아무리 생각해봐도 역시 무리였다. 편지만큼 거짓말이 행간에 확연히 드러나는 건 없다. 걱정도 하지 않는 사람이 걱정하는 듯한 편지를 보내면 그 자리에서 바로 드러나고 만다. 죽은 지 얼마 되지 않은 소년의 마음으로 편지를 쓰는 가당치 않는 일을 도저히 할 수가 없었다.

부부는 물러서지 않았다.

"필요한 거짓말이란 것도 있는 겁니다."

안도 신이치로가 말하자, 부인이 뒤를 이어 말했다.

"아들도 분명히 기뻐할 거예요. 그 아인 무척이나 할머니를 좋아해서, 살아 있었더라면 분명 어떤 식으로든 할머니를 격려했을 거예요. 선생님이 아들을 대신해서 어머니를 격려하는 게 도대체 얼마나 죄가 될까요?"

아드님이 문병을 가지 못하는 걸 어머님께는 뭐라 말씀드렸는지요 하고 물어보았다. 남편이 가볍게 고개를 끄덕이더니, 아직 아무 말도 못했습니다 하고 대답했다.

"바빠서 정신이 없다고 그냥 돌려 말씀드렸을 뿐이에요. 하지만 이제 뭐라고 확실히 말씀을 드려야겠지요."

부인이 덧붙였다.

나는 잠시 생각을 한 다음 작게 고개를 끄덕이고는, 알겠습니다, 해보지요 하고 대답했다. 마음이 무거워 도대체 어쩔 셈인지 내심 스스로도 어찌할 바를 모르면서.

부부와 헤어진 나는 일할 마음도 나지 않아, 우선 소년의 사진을 손에 쥐고 꼬치구이집을 찾았다. 사진을 카운터 앞에 세워놓고 소년이 편히 잠들기를 바라며 혼자 조용히 술을 마셨다. 많은 거짓말을 해야 한다. 소년의 마음이 되어야 한다. 무엇보다도 편지를 받을 노파의 마음을 바라보아야 한다. 어려운 줄타기다.


❧ 할머니께

할머니 미안해요. 아직도 문병을 가지 못해서요. 저는 지금 미국에 있어요. 로스앤젤레스에서 자동차로 30분 정도 바다 쪽으로 달려 내려온 곳에 있는 전교생이 기숙사 생활을 하는 학교에 다니고 있어요. 작년에 가고 싶었던 고등학교에 떨어져 재수하기로 결정한 다음, 제가 많이 우울해했던 것 아시죠? 그때 중학교 선생님께서 이 학교에 대해 가르쳐주셨어요. 그래서 갑자기 미국으로 오게 되었고요. 언젠가는 유학을 가려고 했기 때문에 좀 갑작스럽기는 했지만, 그 기회를 선택했어요. 그리고 지금은 그 꿈이 이루어져 기뻐요. 이쪽은 신학기가 가을이라 바로 들어올 수가 있었어요. 영어가 서툰 게 큰 문제지만, 그래도 어떻게든 되는 건가 봐요. 학교가 끝난 다음에는 어학원 야간부에도 다니고 있어요. 저처럼 일본학생이 기숙사에 두 명 있어서 그다지 쓸쓸하진 않아요. 이 학교는 매년 일본학생을 받아들이고 있어서 그런지 익숙한 것 같아요. 인생은 참 신기해요.

하지만 공부를 따라가기가 정말 힘들어요. 그래서 지금은 일본에 있을 때보다 더 바빠요. 바로 일본으로 날아가 할머니 문병을 가고 싶지만 전혀 움직일 수가 없어요. 게다가 학교 농구클럽에도 들어갔거든요. 큰 시합이 얼마 남지 않았기 때문에 주말에도 연습을 해요. 봄방학을 이용해서 좀 길게 일본에 갈게요. 그러니까 그때까지만 기다려주세요. 엄마가 그러시는데 할머니

병은 그리 심각한 것이 아니래요. 봄에는 퇴원하실지도 모른다고 하셨어요. 마침 잘됐죠? 선물을 많이 가지고 아키타까지 갈게요. 반년 남았지만, 반년은 금방이니까 기다려주세요. 공부도 운동도 누구한테도 지지 않게 열심히 할게요. 그러니까 할머니도 힘내서 봄에는 건강한 얼굴로 만날 수 있도록 빨리 나으셔야 해요. 지금 바로 갈 수는 없지만, 가까이에 교회가 있으니까 하나님한테 기도할게요. 지금은 인생의 휴가라고 생각하시고 푹 쉬세요.

또 편지 쓸게요. 이야기하고 싶은 게 많으니까 금방 다시 쓸게요. 제 편지 기대하고 계세요. 맞다, 혹시 편지를 쓰실 수 있으면 답장을 주세요. 영어로 주소 쓰기가 힘드시죠? 엄마한테 주시면 대신 보내주실 거예요. 제게 용기가 되는 편지를 주세요.

∗안도 히로노부 올림

어려운 건, 거짓말한 게 탄로나지 않도록 하는 것이다. 만날 수 없는 이유를 날조하는 것은 괴로웠지만 그건 어쩔 수 없는 일이었다.

  고육책으로 소년이 외국에 나가 있는 걸로 했다. 확인할 방법도 없고, 슬픈 일이지만 이 겨울을 넘길 때까지다. 이것으로 노파의 기운을 돋울 수 있으리라 생각했다.

  위험하긴 하지만, 소년은 또 편지를 쓰겠다고 약속한다. 환자는 기운을 차려야 할 것이다. 뭔가를 기다린다는 건 사람에게 중요한 일이다. 기다리는 것이 온다고 믿는 동안은 신기하게도 힘이 나는 법이다.

  의사인 친구가 예전에 이런 말을 했었다. 병실을 장식하는 그림은 아름다운 풍경이나 꽃 그림이 아니라 뭘 그린 건지 생각하게 만드는 추상화 쪽이 좋다고. 그림에 담긴 뜻을 알아내려 하는 것이 환자의 상상력을 자극해, 나아가 살아가는 의미를 부여한다는 것이다. 마찬가지로 편지를 기다리는 행위에는 살아갈 희망이 잠재되어 있다.

  물론 기다리는 데는 한계가 있다. 너무 길면 오히려 기력을 떨어뜨리는 결과도 된다. 노파는 병원에서 소년에게 올 편지를 기다릴 것이다. 노파의 정신상태를 가족들에게 관찰하게 하여 그 타이밍에 맞춰 편지를 써야겠다고 생각했다.

한 달에 한 번, 나는 소년이 되어 편지를 쓴다. 정말이지 힘들고 슬픈 노력이지만 맡은 이상 끝까지 하자 마음먹었다.

소년의 편지에 답장을 받고 싶다고 덧붙였다. 편지를 쓰는 데는 힘이 필요하다. 희망이 생겨나고 생명력이 깃든다. 그 힘을, 나는 믿고 싶었다.

되풀이되는 수술로 노파는 불안해하고 있다. 주위에서 숨겨도 본인은 막연하나마 서서히 다가오는 죽음을 감지하고 있을 터였다. 할 수 있는 모든 치료를 마쳤다면, 지금 그녀에게 필요한 것은 기력뿐이다. 손자에게 편지를 씀으로써 노파는 하루하루의 힘을 되찾지 않을까.

편지를 쓰고 그리고 답장을 기다린다. 거기에는 한 가닥 희망이 있다. 얕은 생각에 나는 그렇게 믿었다. 하지만 현실은 그렇게 단순하지 않았다.

바로 다음 주에 답장이 도착한 것이다.

☙ 히로노부에게

　병실 창으로 바라보는 바깥 풍경은 이미 가을색이 완연하단다. 요코테시(市)를 둘러싸고 있는 산꼭대기들을 비추는 햇빛을 바라보며 할머니는 매일 인생을 되돌아보고 있단다. 그래 휴가, 네 말대로구나.

　하지만 내 몸이 생각했던 것보다 훨씬 나쁘다는 것도 알게 되었단다. 네게만 하는 이야기다만, 식구들이 갑자기 너무 다정해져서 왠지 겁이 나는구나. 그래서 아, 얼마 남지 않았구나 하고 알았지.

　펜을 쥔 손에 힘도 없고 이젠 혼자서 일어날 수도 없게 되었단다. 휴가를 받자마자 작별을 고하게 될지도 모르겠구나. 히로노부, 그래서 할머니는 네가 꼭 보고 싶었단다. 왜 만나러 오지 않는 걸까 쭉 생각했었지.

　솔직히 말하면 내 건강보다 그게 더 걱정이었다. 사람이니 언젠가는 죽는걸. 그건 이미 각오가 되어 있단다. 그래서 말인데, 좀 집요하다 싶겠지만 너만은 꼭 만나고 싶구나.

　네가 태어난 다음, 할미가 너를 키웠었지. 첫 손자인 네가 너무도 예뻐서, 그리고 네 엄마, 아빠는 모두 일을 해야 했었고 가게도 겨우 궤도에 올랐었기 때문에. 너 때문에 도쿄에서 2년이나 산걸. 요코테로 돌아오고 싶었지만 꾹 참았단다.

히로노부 네가 문병을 오지 않아 무척 쓸쓸했다. 하지만 재촉은 하지 않았다. 네게 연락이 올 때까지 내가 먼저 보고 싶다고 말하지 않으려고 했었다. 네가 할미를 부담스러워하면 안 되니까.

어제 편지가 도착해 겨우 그 이유를 알았다. 그랬구나, 유학을 갔었구나. 누구한테 물어봐도 다들 모른다고 말끝을 흐려 내심 걱정하고 있었다. 이젠 안심이구나. 그리고 한결 기운도 난다.

바쁜데 고맙다. 네가 건강하게 잘 지낸다니 할머니는 행복하고 기쁘구나. 금방 만날 수 없는 건 아쉽지만, 널 만날 때까지는 기운을 차리마. 너도 미국에서 힘내렴. 하지만 절대로 무리해서는 안 된다. 히로노부한테 오는 편지를 할머니는 목을 길게 빼고 기다린다. 잘 있거라.

❧ 기요코 할미가

안도 기요코에게 온 편지를 읽고 나는 안심했다. 예상했던 대로 그녀는 인생을 긍정적으로 바라보려 하고 있다. 편지 내용에서도 기운이 배어 나왔다. 사랑하는 손자에게 힘을 얻은 것이다.

하지만 안심하고 있던 것도 잠시, 다음 편지를 쓰려고 하던 참에 노파에게서 두 번째 편지가 날아왔다. 편지를 읽고 나는 놀랐다.


✤ 히로노부에게

매일 간호사에게 손자에게서 편지가 오지 않았느냐고 묻고 있단다. 간호사들이 시무룩한 얼굴을 하는 것이 점점 괴롭고, 요즘은 대답을 듣기도 전에 낙담하고 만단다. 편지를 받은 지 아직 일주일하고 조금밖에 지나지 않은 건 알고 있단다. 하지만 벌써 몇 년은 지난 것 같구나.

오늘은 아침부터 두 번이나 간호사 호출버튼을 누르고 말았다. 수술한 곳이 너무 아파서 한 번, 그리고 또 한 번은 네게 온 편지를 바닥에 떨어뜨려서. 그도 그럴 것이 손에 거의 힘이 없어졌단다. 호출버튼을 누르는 것조차 힘이 들 지경이구나. 혼자서는 아무엇도 할 수 없다는 것이 서글프다.

지난번 편지에는 내년 봄까지 버텨보겠다 했다만, 지금은 자신이 없구나. 만약 그 전에 죽게 되면 어떡하나 하는 생각도 들고. 너를 만나기도 전에 죽으면 그게 무슨 소용이겠니.

어떠니? 좀 더 일찍 와줄 수는 없겠니? 정월 보름에 요코테에서 가마쿠라 축제가 있단다. 기억하니? 예전에는 매년같이 보러 왔으니 기억하고 있을 게다. 마을 전체에 눈으로 작은 집을 만들어 물의 신을 모시고, 그 앞에서 불을 지피고는 새를 쫓는 노래를 부르는 그 축제 말이다.

대로에는 수도 없이 만들어진 커다란 가마쿠라에서 아이들이 지나가는 사람들에게 술을 나눠주지. 우리 집 앞에도 다 같이 가마쿠라를 만들었었다.

한 번 더 그 축제를 보고 싶구나. 하지만 분명 내게는 마지막이 될 거다. 그러니 히로노부, 너랑 함께 보고 싶구나. 가마쿠라 축제를 한 번만 더 보고 저세상으로 가고 싶다.

할미의 마지막 부탁을 들어주지 않으련? 할미의 마지막 그리고 단 한 번의 부탁이다.

히로노부야, 네가 보고 싶구나.

*추신 : 다음 편지에는 사진을 보내다오. 간호사에게 날마다 네 자랑을 하고 있단다. 건강하고 밝게 웃는 네 모습을 보내주렴.*

              안도 기요코


 주인 부부도 어찌할 바를 몰라 했다. 노파를 위로하려고 거짓말을 한 것까지는 좋았지만, 역효과가 되어가고 있다. 병실에서 손자만을 생각하는 노파에게 하루는 너무도 길었다. 기다리다 못한 노파가 재촉하기 시작했다. 이 재촉은 앞으로 더 심해질 가능성이 있다.

 게다가 겨울을 앞두고 노파의 상태는 편지에 적힌 대로 악화일로에 있었다. 담당의사도 좋지 않은 상태라 했다. 한 번 더 수술을 해야 할지 어떨지 망설이고 있다고 했다. 수술받을 만한 체력이 남아 있지 않기 때문이다.

 나는 노파에게 편지를 썼다. 가능한 자연스럽고 무난한 이야기를 쓰려고 애썼다. 옛날 기억을 쓸 수는 없는 일이었다. 미국에서의 생활을 적어 지금 바로 일본에 갈 수 없는 상황을 설명하는 수

밖에 없었다. 어쩔 수 없이 짧은 편지가 되었다. 강심제처럼 일시적이지만 기운을 차릴 수 있는 편지. 그런 주사를 몇 번 놓기로 했다. 한 달에 한 번을 일주일에 한 번으로 바꾸었다. 기다리는 시간을 짧게 할 필요가 있었다. 어디까지 할 수 있을지 나로서도 알 수 없지만, 강심제를 계속 놔서라도 지금은 노파의 기력을 유지하게 하는 것이 최선의 방법이었다.

배경이 애매한 히로노부의 사진을 가끔 봉투 안에 부록처럼 넣었다. 그 때문인지 겨울 내내 상태는 안정되었고, 노파는 버텨냈다. 좋아지지는 않았지만, 아슬아슬한 상태를 유지할 수 있었다. 의사는 기적이라고 했다.


❧할머니께

드디어 내일이 시합이에요. 너무 떨려요. 왜냐하면 콜롬비아학교 아이들의 반은 프로 같은 선수거든요. 그에 비하면 제가 있는 클럽은 어중이떠중이를 모아놓은 부대예요. 특히 일본사람인 저는 걔네들에 비하면 완전히 초보, 키도 다른 아이들보다 5센티는 작고 점프력이나 뭐나 모든 게 걔네들한테는 미치지 못해요. 시합에 나갈 수 있는 것만으로도 기적이라고 할 수밖에 없어요. 할머니 덕분이에요. 할머니가 기운을 차리고 계시니까 나도 힘내야지 하는 마음이 드는 거예요. 시합 결과는 다음 편지에 쓸게요. 함께 넣은 사진은 친구가 찍은 최근의 제 모습이에요. 친구들과 함께 바다에 갔는데 파란 하늘이 너무 아름다워 찍어달라고 했어요. 그럼 또 편지 쓸게요. 차오!

❧ 히로노부 올림


❧ 기요코 할머니께

시합에 졌어요. 저는 한 점도 못 넣었구요. 하지만 있는 힘을 다해서 싸웠어요. 그리고 시합 끝까지 풀로 출전했고, 진 건 너무 아쉽지만 그래도 할 수 없죠. 저는 최선을 다했거든요. 코치한테도 칭찬받았어요. 오로지 전진할 뿐이죠. 다음 주부터는 시험기간이에요. 낙제하지 않도록 공부에도 최선을 다할 생각입니다.

죄송해요. 봄이 되기 전에 어떻게든 조금이라도 일찍 가려고 조정하고 있는 중이에요. 어쩌면 가능할 것도 같고, 어쨌든 여러 가지 궁리중입니다. 아직 뭐라고 말씀드릴 수는 없지만 그래도 노력중이에요. 저도 빨리 할머니를 뵙고 싶어요. 할머니랑 같은 마음이에요. 또 편지 쓸게요. 다음에는 시험 결과에 대해 알려드릴게요. 낙제하면 일본에 갈 수 없으니까 열심히 할게요. 할머니 응원해주세요.

히로노부 올림

할머니께

좌절이란 걸 최근에 경험했습니다. 누구를 좋아했는데 그게 잘 안 되었어요. 하지만 좌절이란 거기서 끝이 아니라, 좌절이 이미 다음을 예비하고 있는 거라 생각해요. 낙담하고 있다는 건, 낙담하고 있는 단계에서 이미 새로운 시작이 준비되는 거지요. 이상한 말이지만, 끝은 분명히 끝이지만, 동시에 시작이기도 한 것 같아요. 제가 어떤 여자아이를 좋아했는데 차였어요. 사실은 침대에 드러누워 있어야 될 상태지만, 오히려 지금은 그 반대로, 차인 순간에 전 끝은 끝이 아니란 걸 배웠어요. 이렇게 저는 조금이지만 어른이 돼가고 있습니다. 아마도 이런 걸 성장이라고 하겠죠? 음, 좀 어렵네요.

참, 핫뉴스예요. 어쩌면 일본에 갈 수 있을 것 같아요. 가능성이 생겼거든요. 어떻게든 조금이라도 빨리 갈 수 있도록 노력하고 있어요. 그러니까 할머니도 기운 내셔야 해요. 이번에 만나면 인생에 대해 많이 가르쳐주세요. 할머니한테만 고백하고 싶은 것도 있어요. 대선배님, 잘 부탁합니다.

※ 히로노부 올림


설날이 지나 바로 노파가 위독하다는 연락이 있었다. 부부는 아키타로 날아갔다. 기요코 할머니로부터는 모두 세 통의 편지가 도착했다. 마지막 편지는 작년 말 소인이었다. 내가 보낸 마지막 편지는 노파가 위독해지기 일주일 정도 전이었다. 히로노부를 가장해 보낸 편지는 모두 열다섯 통이나 되었다. 편지가 도착한 날 노파는 기분이 좋아진다고 했다. 편지가 노파의 병이 악화되는 것을 저지하고 있다는 생각이 들었다.

나는 가마쿠라 축제에 갔다. 이 여행에 대해선 안도 부부에게 비밀로 했다. 쓸데없는 걱정이나 염려를 하게 하고 싶지 않았다. 그리고 가마쿠라 축제에는 한번 가보고 싶었다. 아니, 가만히 앉아 있을 수가 없었다는 것이 솔직한 심정일까. 가지 않으면 안 될 것 같은 기분이 들었다.

토호쿠 신칸센 야마비코로 약 세 시간. 기타카미에서 JR 기타카미선으로 갈아타고 요코테역에서 하차. 비즈니스 호텔을 잡았다. 노파가 편지에 적은 대로 눈에 덮인 도시 여기저기에 가마쿠라가 만들어져 있었다. 가마쿠라 안에 아이들이 숨바꼭질하듯 숨어 있다가 관광객이 지나가면, '하잇테탄세(가마쿠라에 들어오세요)', '오간데탄세(물의 신에게 기도하세요)', '아마에코아갓테탄세(감주 드세요)' 하고 말을 걸어온다. 술을 받을 때마다 이 지방 관습에 따라 돈을 준다.

대로 좌우뿐 아니라 인도 위에도 가마쿠라가 쭉 늘어져 있다. 반원형의 가마쿠라는 눈으로 만들어졌으면서도 가까이서 보면

온기가 느껴진다.

저녁이 돼도 쉬지 않고 정처 없이 걸어다녔다. 그러다 골목 귀퉁이에서 신기한 풍경과 맞닥뜨렸다. 학교 교정을 작은 가마쿠라가 빈틈이 없을 정도로 가득 메우고 있었다. 몇백, 아니면 몇천 개는 될까. 안에는 촛불이 밝혀져 있었다. 눈으로 된 작은 등롱이다. 너무나도 신비한 광경이었다. 사후의 세계를 가까이서 보고 있는 듯한.

빨간 등을 내건 술집으로 들어가 카운터 끝에 앉아 혼자서 술을 마셨다. 기리탄포(아키타의 향토 냄비요리_역주)로 배를 채우고 열두 시가 지나 얼큰하게 취해 술집을 나왔다. 숙소로 돌아오다 길을 잃었다. 눈에 익은 가마쿠라를 의지해 골목을 헤매다 커다란 건물 앞으로 나왔다. 안도 기요코가 입원해 있는 병원이었다. 이 병원 어딘가에 안도 기요코가 있다는 생각이 들었다. 무사히 일어나기를 마음속으로 손 모아 빌었다.

안도 기요코는 요코테의 가마쿠라 축제 기간 동안 잠시 의식을 회복했다. 하지만 그로부터 일주일 후 다시 병상이 악화되어 2월 말에는 다시는 돌아올 수 없는 사람이 되었다.

그 소식을 접했을 때는 마침 그녀에게 편지를 쓰고 있던 중이었다. 가마쿠라 축제에 가지 못해 미안하다고 사과하는 히로노부로부터의 편지였다. 위독한 상태에서 잠시 눈을 떴을 때 그녀에게 위로가 되고 싶었지만, 편지는 마음처럼 써지질 않았다. 그리고 결국 이 편지는 불필요하게 되었다.

기요코는 손자의 죽음을 모른 채 타계했지만, 그녀가 죽은 뒤 병실에서 히로노부에게 쓴 편지가 발견되었다.

언제 쓴 건지 추측으로밖에 알 수 없었다. 편지를 쓸 수 있는 상태가 아니었다고 의사는 단언했다. 하지만 문면을 읽고 판단하기로는 그 시기에 쓴 편지라고밖에는 생각할 수 없었다.

읽으면서 등줄기가 서늘해짐을 느꼈다. 그리고 가슴속에서 뜨거운 것이 넘치듯 쏟아져나와 편지를 다 읽은 다음에는 눈물이 볼을 타고 흘렀다.

육친이란 신기한 끈을 나는 믿을 수 있게 되었다.


❧사랑하는 히로노부에게

일부러 먼 곳까지 와줘서 고맙구나. 아무리 바빠도 네가 문병을 와줄 거라 생각했었다. 무슨 일이 있어도 금년 가마쿠라 축제를 보러 와줄 거라 믿고 있었다. 병실에 그런 시간에 얼굴을 비치다니, 어지간히 서둘러 돌아온 모양이구나. 위독하다는 전갈에 모든 걸 팽개치고 달려왔다는 걸 금방 알 수 있었다. 하지만 착한 네 얼굴을 볼 수 있었으니, 나는 이제 안심하고 인생을 마칠 수 있을 것 같구나. 더 이상의 여한은 아무것도 없다. 아무런 망설임도 없이 모든 것에 그저 감사하며 갈 수 있단다.

네 부축을 받으며 창 너머로 축제를 볼 수 있었지. 부드러운 눈의 가마쿠라에 언제까지고 꺼지지 않는 화톳불의 타다 남은 불씨가 반사되어 아름다웠다. 그렇게 아름다운 가마쿠라 축제를 본 건 처음이구나. 네가 나를 만나러 와준 것만으로도 내 인생은 멋진 의미를 가질 수 있었다. 정말 고맙다. 이 할미의 욕심을 들어줘서 정말 고맙구나, 히로노부.

이제 곧 다시 만날 수 있을 게야. 분명히 금방 만날 수 있지? 마음속의 가마쿠라에서 또 만나자꾸나. 거기서 혼자 조용히 나는 너를 기다리고 있으마.

❧ 기요코 할머니가

**추신** _ 저자의 말을 대신하여

개봉한 편지의 감촉, 글씨의 친근함, 봉투에 붙인 우표와 스탬프에 이르기까지 편지에는 곳곳에 뭐라 말로 표현할 수 없는 사람냄새가 있다.

이상한 이야기지만, 편지는 완전한 수제품이다. 그래서 사람들은 편지를 받으면 기쁘다. 세상에서 단 하나밖에 없는 나에게만 보내진 메시지. 그것을 우체통에서 발견했을 때, 사람들은 작지만 무엇과도 바꿀 수 없는 기쁨을 받게 되는 것이다.

무엇보다 우편 집배원을 통해 멀리서 배달된다는 것이 기쁘고, 거기에는 우체통이란 것이 존재해, 그 작은 상자를 여는 기쁨까지도 함께 딸려 온다.

이 책도 편지 의뢰를 통해 생겨났다. 가이류사(海龍社)의 후루가와 씨란 편집자가 어느 날 내게 집필을 의뢰하는 편지를 보냈다.

요즘은 각박해졌다 해야 할까, 소설이나 수필 의뢰도 거의가 이메일로 이루어진다. 원고는 이메일이나 팩스로 보내는 세상이다. 편집자가 집으로 원고를 가지러 오는 일은 이미 옛날 이야기다.

후루가와 씨한테 온 편지는 몇 가지 점에서 인상에 남았다. 우선은 글씨가 훌륭했다. 세로로 줄이 쳐진 편지지를 사용했다. 게다가 대단히 정중한 집필 의뢰였다. 편지에 얽힌 에세이를 부탁드릴 수 없을까요, 라고 적혀 있었다.

나는 문면 등으로 보아 나이가 드신 분이라 상상했었다. 문체에서 느껴지는 차분한 분위기에서 숙련된 편집자를 상상했다. 하지만 후루가와 씨를 만난 사무실 직원 이야기로는 이제 갓 대학을 졸업한 듯한 인상의 아주 생기발랄한 아가씨라는 것이었다. 사람은 겉모습으로는 모른다는 말이 있지만, 그건 아무래도 편지에도 해당되는 것 같다.

처음 후루가와 씨에게 집필 의뢰를 받았을 때, 나는 빠듯한 일정으로 새로운 일을 맡을 만한 상황이 아니었다. 시간이 여유로워진 다음에 쓰겠습니다. 하지만 지금은 일정이 빠듯해 불가능할 것 같습니다 하는 건방진 거절 의사를 전했다.

후루가와 씨는 물러서지 않고, 올해는 어떻습니까 하고 이듬해에도 편지를 주었다. 도대체 어떤 사람인지 상상이 안 된다. 단지 그 열의와 끈기에 마음이 움직인 것만은 확실하다. 그리고 올해 초 '역시 아무래도 요즘 같은 시대에는 편지와 관련된 책이 필요한 것 같습니다' 란 내용의 편지가 도착했다. 편지로 원고 의뢰를 하는 사람은 적다. 나는 갑자기 지금 이 사람과 일을 해야 한다는 생각이 들었다.

이상한 일이지만, 나는 이미 그때 이야기의 골격을 잡아놓았다. 가끔 배달된 편지 덕분이다. 나는 후루가와 씨에게 온 편지를 뜯을 때마다 무의식중에 편지에 얽힌 이야기를 구상하고 있었던 것이다.


외국에서 생활하고 있는 탓에, 아직 가이류사 직원들과 만난 적이 없다. 일을 하겠다고 약속한 다음부터는 이메일이 큰 도움이 되었다. 처음 의뢰는 편지로, 일이 시작된 다음에는 이메일로, 이건 꽤 현대적이고 스마트한 방법이란 생각이 든다.

여담이지만, 후루가와 씨는 이 책이 세상에 나올 즈음에 결혼한다고 한다. 부군이 될 분과는 분명 편지로 연애했을 것이다. 이 책이 두 사람의 시작을 축하하는 작품이 되기를 희망할 뿐이다.

한 통의 편지를 계기로 이 작품이 세상에 나올 수 있었다. 속도를 요구하는 요즘 시대에 나는 고풍스런 방법으로 또 하나의 새로운 만남을 손에 넣을 수가 있었다.

어수선한 시대를 우리는 살아가고 있다. 전쟁과 폭력, 집단따돌림이 끊일 날이 없다. 정보가 어지럽게 넘쳐나지만, 신빙성 있는 것과 전혀 근거 없는 것이 한데 섞여 한순간에 세계 구석구석까지 전해지는 시대다.

스피디한 시대를 살아가는 나는 스스로를 잃지 않기 위해 지금은 가능한 잡음이 들리지 않는 외국 땅에서 살고 있다. 이 거리 덕분일까, 소중한 것들만이 내게 전해지게 되었다.

언젠가 나이가 더 든 다음에는 시골에서 살고 싶다. 등대와 작은 우체국이 전부인 항구 같은 곳도 좋을 것이다. 거기서 조용히 자신의 이야기세계와 마주하며 살아간다. 현실로 이루어진다면 이보다 더 멋진 일은 없을 것이다.

가끔 어디선가 편지가 배달되는 그런 생활. 아무 일도 없는 날의 오후 즈음에 우체통이란 소중한 상자 안에서 친구에게 온 반가운 소리를 발견한다.

우체국에 편지를 부치러 가는 것이 요즘 내겐 중요한 일이다. 거기서 파블로 피카소의 우표가 들어 있는 편지지 100장 세트란 걸 구입했다. 일본에 보내려면 40산팀짜리 우표를 더 붙여야 하지만, 받는 사람의 기뻐할 얼굴이 눈에 선하다. 보내는 사람의 작은 선물이다.

여기에도 아주 작은 인생의 작은 기쁨이 하나…….

편지는 몇 사람이나 되는 우편 집배원의 손을 거쳐 상대에게 전해진다. 소설이 출판사와 교정보는 사람, 서점 직원들의 손을 빌어 독자 여러분께 전해지는 것과 마찬가지다. 그런 상상을 하면 절로 고개가 숙여지고 감사하다.

첫 편지를 어머니에게 보냈다. 나머지 아흔아홉 장은 이제부터 전 세계로 여행을 떠날 것이다. 생각만 해도 가슴이 두근거린다. 겨우 이런 일로 기뻐할 수 있는 것도 편지의 미덕 중 하나일 것이다.

  이 책을 손에 든 여러분이 그래, 오랜만에 편지라도 써볼까 하고 생각해주시기를 바라며 이쯤에서 붓을 놓습니다.

*파리, 7월. 츠지 히토나리*

**역자후기**

『대필가』에 등장하는 것 같은 편지는 아니지만, 내게도 잊지 못할 편지들이 있다.

조금은 유난스레 보낸 듯한 사춘기시절, 두 살 터울에 성격이나 취향이 달랐던 언니와 난 부딪치는 일이 많았다. 좀 심하게 다투었다 싶은 다음날이면 내 책가방엔 언니의 두툼한 편지가 들어 있곤 했다. 착한 모범생 같은 첫째와 자기 주장 강하고 고집스런 둘째란 것이 우리 가족의 공통된 의견이었다. 언니 편지는 그런 나를 탓하는 것만 같았고 그래서인지 좀처럼 답장을 써본 기억이 없다. 미안한 마음에서였을 것이다. 지금 다시 그런 편지를 받으면 어떨까 생각해봤다. 자신은 없지만 나도 긴 답장을 쓰고 싶다.

헤어지자고 한 남자친구에게 온 편지도 그 중 하나일까. 지금은 이유도 생각나지 않는 일로 다시는 안 만나겠다고 일방적인 결별을 선언했었다. 실컷 돌아다니다 늦게 돌아와보니, 종일 집 앞에서 기다리다 공원 벤치에 앉아서 쓴 편지가 꽂혀 있었다. 편지 내용보다 공원에 앉아 편지 썼을 모습을 떠올리고 결국 헤어지질 못했다.

그리고 무엇보다 잊을 수 없는 건 돌아가신 아빠가 생전에 여행지에서 보낸 엽서이다(그러고 보니 서른이 다 될 때까지 한 번도 아버지라 불러본 적이 없다). 가족 한명 한명의 직장과 학교로 엽서를 보내셨는데, 내게 온 건 지금 츠지 씨가 살고 있는 파리에서였다. 얼마 전 결혼한 동생 집에서 소중히 간직해 둔 아빠의 엽서를 보게 되었다. 내게 온 엽서와는 다른 사진과 다른 내용에 다른 소인……. 우린 모두가 자기에게만 보내진 그 엽서를 아빠의 유언처럼 간직하고 있었던 것이다. 가끔 해외에 나갈 기회가 있을 땐 가족과 가까운 친구들에게 반드시 엽서를 보낸다. 아마도 이런 소중한 기억 때문일 것이다.

  번역을 하는 동안 몇 개나 되는 상자에 나뉘어 침대 밑에 들어가 있는 편지들을 떠올렸다. 편지를 모으기 시작한 건 중학교시절부터였을까. 고등학교, 대학교, 그리고 사회인이 된 오늘까지 받은 편지들은 적지 않은 양이 되었다. 이메일을 사용하고부터는 편지를 받는 일도 급격히 줄어 상자를 열어 보관하는 일도 적어졌다.

  평소엔 꺼내보는 일도 없어, 이사할 때마다 어떻게 할까 한 번씩 고민을 한다. 그러면서도 늘 다시 침대 밑으로 들어가는 건 편지를 보낸 친구의 스무 살과 내 스무 살이 그곳에 생생히 살아 있기 때문이다.

  이번 여름방학엔 침대 밑에 밀어놓은 칙칙한 상자들을 꺼내 예쁜 상자로 옮겨 좀 더 눈에 띄는 곳에 두려 한다. 그리고 어느날 문득 집어든 편지의 발신인에게 오랜만에 편지를 쓰고 싶다.

*2005년, 신록이 아름다운 5월에, 김윤아*